足夠好的日常

毛奇的365日提案

GOOD ENOUGH

毛奇 著

1 月

01

新年的第一天，
是最適合洗野溪溫泉的一天吧。
走過長長的山徑，朝著地熱冒煙的方向前進，山林中流動的溪流富有生命力，硫磺味帶來清潔的治癒感。覺得身心被祝福了。
回程的時候，看見不停旋轉的風向儀，像在指路一樣。

1 月

02

雙殼貝用不同語言讀，常有清脆拍動的音節，比如 clams，vongola，ハマ（hama），山瓜子海瓜子，加貝殼上斑斕的花紋和年輪，撈起時清脆小石子撞擊的聲音，眞的非常可愛。

士林華榮菜市場有一個小販沒客人時就一顆顆敲，發出確認新鮮的聲音。這是煮湯鮮甜的祕密！

1 月

03

插花，本質上空間的安排。不同的花型與枝葉，佔據花器上方的空間，形成花之雕塑。蕾絲花像白色的煙火，白色球菊體現出扎實的圓球，形成密度不同的煙雲，在綠葉中綻放。

1 月

04

東北角有胭脂蝦，胭脂蝦生於深海，肉含水量高，柔軟，蝦味特濃，滋味甜美。

蝦煎煮到斷生，春天各色蔬菜：菜筍、白花椰、甜豌豆，分開燙到最合適的熟度，再組合起來，務必讓柔美的婉約，清脆的機靈，生機勃勃的還有厚實，用檸檬橄欖油與鹽調味，刨上柑橘皮。胭脂蝦值得這些蔬菜不同聲部唱和。

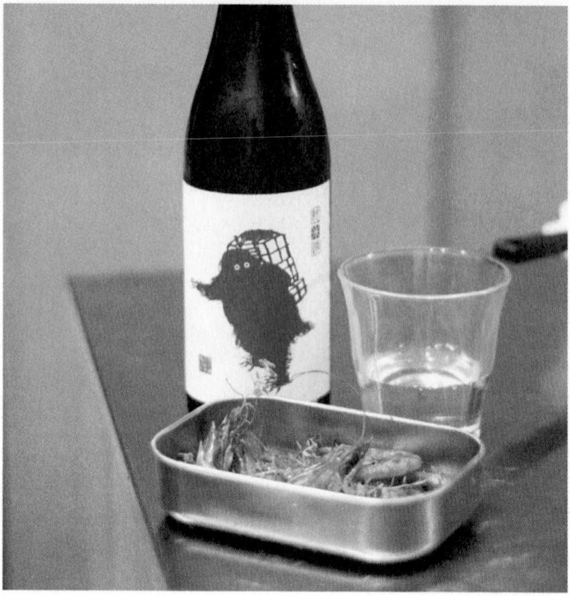

1 月

05

爲了理解台灣的地酒，評估過物產與歷史，我選擇了考日本酒證照。

因爲米麴製酒發酵的型態，與料理搭配，跟台灣飲食文化是更貼近的。初學的時候，喜歡大吟釀細緻甜美的口感，瓜果花香，到了後來，我更喜歡純米酒。純米酒質樸有個性，可溫熱可冰飲。現在有些日本酒釀造時加入葡萄酒愛好者口味的考量，也適合搭配西餐。

1 月

06

磁磚迷人，在於以土塑形，烈火誕生。堅硬、光澤、釉色，都來自於高溫淬鍊，經過了難關。卻又那麼實在，放在建築物外牆，內裡，地面，好看又容易清潔，各種意義上都是建築物的皮膚。看有年紀的建築，其中一個樂趣是看磁磚。不管是溝紋圖紋，還是窯變的色彩，積少成多，大數成美。

1 月

07

跟雲林飼養安格斯黑牛的晃晃農場訂了牛臉頰，用紅酒燉來吃。牛頰燉煮柔軟後膠質跟肉融爲一體，好吃得不得了，最適合搭配牛奶薯泥來吃。

一隻牛只有兩塊，一塊將近一公斤，自從上班時間收到冷凍的牛頰快遞後，我就魂不守舍，連晚上的工作飯局吃昂貴的飯都分心。想著回家後，該怎麼煎煮烤燉，才不辜負好牛肉。

1 月

08

愛像韭菜，只要地裡有那顆種子，割一割，就還會長出來。

有時候長得長了，可以割一點。但請衡量自己是否還足夠強壯。

這是自家烙的韭菜盒，沒有蝦米，放大蝦。

1 月

09

春天怎能不草莓？豔紅欲滴，多汁酸香，童年淋煉乳，成年切半淺漬蘭姆酒，丟在香檳杯裡。「妳是蛋糕上的草莓」，朋友親暱地呼喚，草莓永遠都是寵愛之果。

1 月

10

有一年很想看下雪，半夜到陽明山二子坪等，很冷，但始終不足夠有雪。

同一年，聽說宜蘭太平山水氣足夠，夜半前往，天亮的時候一片冷黑白，水氣在森林掛上霧凇。地上結了霜，滑溜溜的，車陣謹慎移動。離開雪國，到山谷間的鳩之澤地熱煮雞蛋，直到鼻腔與嘴巴都是溫熱的硫磺味。

1 月

11

在使用ＩＨ爐之前，我是土鍋堅定的擁護者。

土鍋會碎，但泥土遠紅外線蓄熱煮出來的美味湯鍋、米飯，值得守護這個易碎。但自從家裡廚具選用電導熱後，大部分的時間我只能緊抱鑄鐵鍋。

鑄鐵鍋的厚壁蓄熱，重鍋蓋，可以把水份鎖在裡頭，半蒸煮一樣把料理煮好。白菜豬肉鍋就是適應於這兩種鍋子的好料理，簡單，而滋味悠遠。

1 月

12

布丁吐司是個剩食料理的概念，非常簡單，卻出奇好吃唷。吃不完的法國麵包、吐司切塊，放到烤皿中，加入打散的雞蛋跟鮮奶，調味祕訣是加入一點黑糖和香草精。拿到烤箱烤熟，就是吃起來濕潤，像布丁，又像溫蛋糕的布丁吐司麵包了。

食材：

吐司3片、雞蛋2顆、牛奶200ml、香草精少許、黑糖或二砂35克。

作法：

1. 用預熱好的230度烤箱烤20分鐘。
2. 吃之前可以撒上肉桂糖粉，加上打發鮮奶油，或一球香草冰淇淋。

1 月

13

對於頭足綱章魚墨魚花枝等的觸手沒轍，軟塌塌的十隻八隻手，加熱後，慢慢地捲曲起來，站起來，昂揚起來，上面的吸盤束縮起來，太誘人了。軟絲肥厚的帽子都給人吃沒關係，手手留給我吧。

吃鹹酥雞指名要吃那個鬚，吃烤肉最心焦是看那個觸手到微焦的等待。吃烤章魚——有人對章魚頭留下印象的嗎？

1 月

14

淡蘭古道的山村，常有就地取材建成的石頭屋。

這回在山村石牆縫裡，發現了一把除草鐮刀。

石中劍第一次出現的時候，神諭「凡能拔出這把寶劍，就是全境的國王」，最後拔出這把劍的，是根本被排除在決鬥名單之外的瘦小亞瑟，他後來成了亞瑟王。

要不要拔出這把石中的鐮刀呢？還是給能留在這片田畝的人來做。

1 月

15

爸爸給我一台 120 底片的日本 Bronica 老相機，是他年輕的時候用的。拿在手上沉甸甸的，黑色的金屬機械很有份量，透過鏡頭，世界的光通過針孔在暗室成像。然而它有點故障，維修費用高昂。後來在東勢小鎮的老相館，我收了一台 Mamiya R67，這也是 120 底片，曾經是底片數位化之前，台灣最流行的中片幅相機。

1 月

16

台灣人太喜歡吃鍋了，從日式涮涮鍋，三媽臭臭鍋，到汕頭人帶來的沙茶牛肉鍋，近四十年紅起來的麻辣鍋到高檔的精緻鍋物，市場很大。

比如吃台南牛肉湯，最好多湊幾人，就可以升級吃牛肉鍋。蔬菜湯底，溫體牛肉涮個幾下即起。台南牛肉湯鍋好吃，其實就是店家孜孜矻矻使用當天現宰新鮮牛肉，部位齊全。這是其他縣市辦不到的。

1 月

17

酥鬆的可頌像焦糖色的雲朵一樣，直接吃，蘸著牛奶咖啡巧克力吃（這是法國人常見吃法），切開夾上奶油果醬，或是像今天一樣，烤好奢侈地放入一大球冰冰蛋沙拉！

請盡量挑選法國發酵奶油製作的可頌，它們不會讓您失望的。

＊這是珠寶盒法式烘焙坊的可頌。

1 月

18

曾經在柏林生活過半年。漫長的冬天裡，高緯度斜射的陽光，把所見事務都烘托上柔軟的金紗。懷抱著這樣的視角，在陰翳斗室裡，點上晃動燭光，倏忽丹麥品牌 Georg Jensen 的金屬花瓶反折出曖曖的光芒。節制照明，以捕捉事物不同輪廓，這是陰翳的禮讚。

1 月

19

朋友覺得我喜歡插瓶花，所以在新居派對那天，我一共收到五個花瓶。

最後一個花瓶出現時，在場的賓客因爲某種默契都笑得開心。

他們走了以後，把花瓶們排在窗台上，每一個花瓶，我都想起挑選禮物的人。這些瓶器的形狀、色澤、質地，都有您們的氣息。

1 月

20

家居上掛上面具裝飾，有種歐洲或美國東岸知識份子、中產階級居家的氛圍。人們用「戴上面具」來形容掩飾眞正的心情，事實上，面具可能是最眞實直接的存在也說不定。面具爲了造型和目的存在，一眼就看懂。我在麗水街跟古董店的阿姨買了非洲木頭面具，讓牆壁有了表情。

家中的面具裝飾，首先要長得不恐怖，別嚇到人，其他怎麼選都行。

1 月

21

要跟朋友喝酒了，趕快找家店填肚子。
帶有鑊氣的炒飯每粒米吃起來都好立體，飯煮得好的話，不用隔夜飯也沒關係。
我的炒飯在蛋煎好後，把蒜末跟白米在鍋內細炒到分明，最後加入一圈醬油。略帶褐色的晶瑩飯粒，非常吸引人。

1 月

22

去廈門男友家時，騎著電動機車去小賣店買了一瓶老酒。

男友爸爸看了，問買這個幹嘛，我說想比較跟馬祖的味道一不一樣。回台灣，忙起來的時候，我就拿小琉球的日曬麵線，煮清淡的海鮮麵線——蛤蜊、小卷、蝦，通常三擇二，一點豬油蔥，不需另外下鹽，最後鍋邊嗆上一點老酒，味道就很美了。

「是家裡的味道。」男友說。

1 月

23

每次看到嬌小的茶壺我都嘖嘖稱奇，怎麼夠喝？

我特別欣賞英國下午茶風格的茶壺，胖大壺身，冬天還有毛線衣保溫。

這只藍色條紋的大茶壺，是在拿坡里一個女陶藝家的作坊買的，渾然天成，大行不顧細謹的率性。還有一只從家裡摸來的茶壺，據說是某個厲害陶藝家作品，年輕的父親用拍照換來的（雖然他比較想要酬勞），我用它，也是因爲它夠大。

1 月

24

嫩薑上市好一會兒啦！您們吃了嗎？

新的嫩薑，不辣，無渣，爽脆，我喜歡把它藏在各種料理裡：比如炊飯、比如青菜裡、湯裡、可以不知不覺吃掉沒問題。

跟菜市場習慣買的菜攤買了一把莧菜，莧菜價廉且氣味特殊，用皮蛋跟鹹蛋燒，湯汁鮮美。賣菜婆婆結帳時，嫣然一笑多送了我一根秋葵，這是什麼情誼，看不大懂，但心意收下了。這回的金銀莧菜裡也加了嫩薑。

1 月

25

到廟宇裡頭可以看什麼呢？看建築，看匾額文字，看書法，看門片門神畫像，看燻黑的天花板與藻井，還有看神明與香火囉。

客家人喜歡住在沿山地帶，丘陵起伏的台三線可說是客鄉一片。這裡的廟宇雖然離政治中心很遠，但人們還是有跟家國比肩的志氣，「山河無恙」，說到底人們祈求的也就是這個。在竹東的惠昌宮。

1 月

26

山上社區的貓，都長的壯壯的。臉圓圓、肩膀渾厚、踩在邊坡上像水泥管上高歌的胖虎、有點威風，毛也比較厚。覺得是山上氣溫低，又有人餵，因此毛皮外套比較厚實。

「好像虎爺呀。」

讓人想到，日本下雪地帶港口看到的貓，毛總是蓬蓬的，胃口看起來都很好。

1 月

27

訪問侍酒師，冷不防被回問：「不然妳印象中的葡萄酒吧是什麼樣子？」

眞是個好問題。跟認眞三件式西裝，侍酒師把金屬徽章別在領口的供酒服務餐廳比起來；店家講到酒會眼睛閃亮亮，餘裕聆聽，讓人舌根發乾，口沫橫飛的，就是一間好酒吧。

1 月

28

我很喜歡民藝的物件，我認爲這是純然從土地長出來的美術，不以高貴爲出發點，帶著自娛的成份，十分動人。

比如中國河南泥塑的動物，資深美術受陝西風格影響做的年節剪紙，還有日本人紙漿做的干支動物。說來說去我就是拿小動物的形狀沒有辦法。

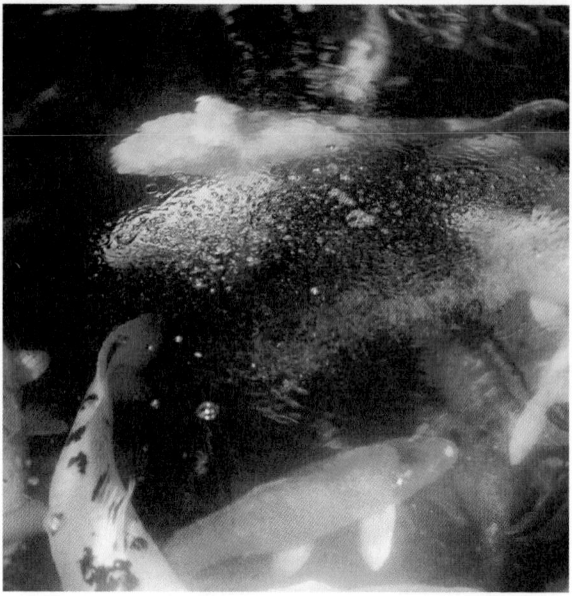

1 月

29

關係很奇怪，有些人相處講一講就可以，有些人就不得不吵起來，有些人會以禮相待到其中一方出軌爲止。吵完要能和好，可能還是要眞心認錯，爲憤怒時傷害了對方道歉，但是自己是怎麼想的還是要好好講出來，因爲成人發脾氣是有原因的。所以也要有那個雅量去接受對方的指控。

怎麼說，兩個人畢竟都還是獨立的個體，是愛才能讓兩人和好。

1 月

30

牡丹的雍容大度，徐徐舒展開來的樣子，這是她的格局。

1 月

31

能住在開花的樹旁邊，是奢侈的幸福。

如果還能在開花的時候，遇到湛藍如洗的天空，那就是天大的幸福。

你們晴朗，或盛開，都不為我，但卻容許我見證，世人名為春天的時刻。

2 月

01

跟弟弟沒那麼常說話，畢竟他很忙，但是他是很可靠的孩子。某次感冒久咳，回家時他變出一個一公升的３０４不鏽鋼的保溫瓶給我，附上黑色的防撞套子。他想了想，「這個連蔬菜都悶的熟呢。」

「我才不會用這個燙青菜。」

他咧嘴笑了，「很快妳就會在裡面裝上茶葉，像個中年人那樣泡茶上班。」

2 月

02

鹿港街頭遇見曬烏魚子，橘紅色、胖嘟嘟的愛心一塊塊躺在木板上。

表面泡過蒸餾白酒，微煎，噴槍炙烤至起泡，斜斜厚切，保留中心溏心口感。眞是至高享受。

怎樣才是一塊好烏魚子，要看個人預算、鹽味濃厚偏好而定，我僅提供搭配的建議，除了常見的白蘿蔔，水梨、蘋果、甜柿片都行。而蒜苗跟白蘿蔔的優點，在於帶點嗆來給海味點睛。

2 月

03

鄉下小鎮的榨油坊，乍看像工廠車間，可是遠遠就聞到麻油的香氣。

受不了誘惑，原本走過去了，又走回來，問老闆能買油嗎？現榨的麻油芬芳無比，是小鎮馳名的羊肉爐湯底的祕密。

不知道是不是這個緣故，鎮上牛肉麵店販售的麻醬麵美味的不得了。可能是在牛肉湯外，使用了新鮮的芝麻醬調製吧！

＊彰化溪湖新富麻油行。

2 月

04

「我等下要做很不合理的事，你猜猜。」

「跟誰有關係？」

「跟我自己！要做完佛跳牆才能去睡。」

「妳做佛跳牆很合理啊。哪裡不合理。妳做炸藥我才會覺得有點不合理。」

源自福州的佛跳牆，是在台灣受到熱愛的年菜料理。把所有乾貨新鮮貨好東西放到罈子裡去煮，加入黃酒、糟酒、紹興這類型香氣的酒提味非常重要！

2 月

05

據說以前行天宮外頭，有很多的小販在賣這米糕。祭拜完，要敲開上頭桂圓吃掉果肉，就能得到神的祝福。那剩下的米糕要怎麼辦呢？單吃有點乾，但拿回家後加桂圓乾、葡萄乾、黑糖、米酒，煮成米糕粥，非常的暖，是現在外頭難找的美味。

有點故意地排成這個形狀，滋養人，胸部形狀的許願米糕。

2 月

06

要買什麼鍋子呢?‧常常有人這樣問我。

如果想買個好點的鍋子，鑄鐵鍋是很好的選擇。第一，它平底金屬，可以適用各種熱源，第二，它壁厚蓄熱性佳適合燉煮，但鍋炒或煮白米飯也可以。第三，搭配上烤箱，可以先煮後保溫加熱不需顧火，成爲忙碌人士的好幫手。

最後整鍋上菜還很好看，鑄鐵鍋就是這麼出得了廚房，上得了廳堂。

2 月

07

番茄是一種神奇的作物。大番茄是蔬菜，小番茄是水果，而且小番茄一盒五十到二百五十元都有。

好吃的小番茄，鹽地長的那種，皮薄甜美多汁，顆顆爆漿。但精打細算煮婦如我並不常買這樣紅寶石。事實上，平價小番茄有個優點，吃不完的放到烤箱低溫收乾（約攝氏八十至一百二十度），收起來裝罐放冰箱，炒義大利麵、做義大利式水煮魚（acqua pazza），都非常好用。

2 月

08

我媽媽很喜歡吃雞蛋，每次回家她都會給我一至二盒不等，七彩繽紛的綜合雞蛋，不由分說塞到後車廂。讓我感覺開車回家最重要的用處，就是護送這些雞蛋回台北。

而這些雞蛋，是國小同學母親的爬山領隊家裡養的雞生的，屬於媽媽網絡的交流產物，因此國小同學媽媽看到長大的我吃這些雞蛋也會很有成就感。新鮮雞蛋濃稠的蛋白，包圍著蛋黃，像她們對我的關愛一樣。

2 月

09

農曆年前用海綿插了一盆花，火鶴、蘭花、各色菊花，過了十天還是相當嬌豔。

雖然不能買新花有點可惜，但是換個容器，修整後，再團團插成一小缽盆花，延續觀賞的生命，也是很好的展望。

過年果然適合這種喜氣顏色的花卉。

2 月

10

不需要跑大老遠也能喝到台南風格的牛肉湯。
位於東門市場巷弄，由畜產業者直營的牛肉店家，提供南台灣風格牛肉湯。可以選不同的部位，熱湯澆燙熟肉片，極鮮嫩。

2 月

11

春天的豆仁又嫩又酥，嬌滴滴綠油油。毛豆、蠶豆、皇帝豆，眞是季節恩物，鹽水灼熟拿來做溫沙拉，搭配季末的柳丁，清香無比。或是凍起來，白飯煮好，丟一把豆子進去拌勻，就得到綠意盎然的炊飯。

蠶豆很講究新鮮，不然就有味道；於是義大利人有個經典配方是蠶豆混陳年羊乳酪（pecorino），一樣白綠合，有點臭，有點鮮。

2 月

12

大學的老師變成現在的鄰居，老師恭喜我入厝的時候，帶了在大溪漁港買的嘉鱲魚。

嘉鱲魚就是真鯛，日本人認爲是很好的魚，七福神手上抱的那隻大魚，就是嘉鱲魚。

「台北的古地名叫加蚋（gara），是平埔族凱達格蘭的話。恭喜妳成爲台北人。」

2 月

13

基隆正濱漁港給居民和船員的鐵皮屋裡，貼著可愛的對聯。

「一帆風順，滿載而歸」，許個快樂的出航！

2 月

14

桶仔雞是我心目中最好吃的烤雞。

如果說土窯雞屬於農業社會，休耕後的土地活動。那甕仔雞屬於開始有小工廠的工業社會了。把雞裝在焊接的鐵桶內、用完的沙拉油桶內，燃起乾柴烈火，一邊蒐集滴下雞油雞汁。

配菜也很好吃。雞油炒蔬菜、雞湯、煙燻雞油蒸蛋都十分美味。這是我的情人節約會大餐。

2 月

15

朋友ＹＫ在做一個養雞的社會企業，我們凌晨從台北出發，直殺屏東部落。

養雞場底部鋪上米糠，沒有隔間，讓雞隻可以充分運動奔跑，培養出健康的體魄，外頭還種了樹乘涼，這是重視動物福利的雞場。雞跟人類親近，一點張牙舞爪的樣子都沒有。壯起膽子，握起一隻雞，雙手盈滿羽毛溫熱，雞的心臟，跳得好快。

2 月

16

金針菇長得秀氣且價廉，學生的時候很常吃。但有時囫圇下肚沒有好好咀嚼消化，長纖維在腸胃道中完整保留有了「明天見」的渾號。

但是金針菇可以做成很適合配啤酒的小菜。撥成薄片或一小束，沾蛋液，滾上麵粉入鍋半煎炸。撒上胡椒粉和辣椒粉，搭配冰涼的啤酒超級棒。

2 月

17

北海道熊木刻，並非來自當地愛奴少數民族傳統，而是借鏡瑞士的木刻工藝，融合日本木刻刀法的「農村美術」，歷史大概就是一百年左右。這個農村美術也加入帶來地方觀光經濟的元素，成爲過去造訪北海道八雲町的伴手禮。

這民間工藝，從具象刀法形象，到抽象都非常好看，強調不同熊的氣質體態。我的熊木刻是男友找給我的小熊，傻呼呼的天眞感。

2 月

18

杭州南路上青島豆漿店的肉燒餅，是我心中的台北第一。不然陽明山腳下的至誠豆漿坊的油酥皮韭菜盒，也是一絕。不想華山市場阜杭豆漿排隊，不妨至六張犁和記買厚燒餅蛋。一時興起，也要買得到，不然白跑一趟。

2 月

19

跟首爾經營中餐廳的主廚老闆，在計程車上看到對面的明太魚湯。

這是記者朋友報給他的明太魚湯，「看起來沒人排隊，有點讓人擔心啊。」

下車推進門，迎面的濃郁煮魚香氣就讓人放下了疑惑的心。

明太魚原本是最便宜的魚，過去北韓撈捕得多，現在漁權在俄羅斯。明太魚餵飽飢荒時的韓國人，濃郁而充滿生命能量，湯汁滾著粗粒辣椒粉，配上燒酒，生命力。

2 月

20

聽美濃返鄉前輩溫先生講讀大學時回家的鄉愁，在於下客運後空氣中飄散的豬油油蔥味，聞到就像回家一樣。客家豬油油蔥可能也算一種保存食——把炸的金黃香酥的油蔥頭，放在豬油裡，粄條、米篩目舀上一匙，香噴噴，太有食慾了。

除了鹹食，新竹北門街「葉大粒粉圓」的芋泥加了一勺油蔥，加乘根莖澱粉甜味，是清朝流傳下來的百年老味。

2 月

21

台灣俗諺說：「一午、二紅衫、三鯧、四馬加……」是很有道理的，午仔用烤的，皮下油脂融化，魚皮酥脆，魚肉肥嫩，好吃得不得了。當然，除了烤魚，煎魚，蒸魚，做義式水煮魚都非常美味。午仔魚出乎我意料，是怕冷的魚，(原本料想牠一身油光細嫩，可能是經過寒冷），因此養殖以高屏地區爲主。爲了海洋永續，要推廣日常餐桌裡養殖、捕撈的魚都可以吃。

2 月

22

威尼斯人妻朋友寄來精心挑選的傳統餅乾。原料單純，雞蛋、麵粉、糖、香草做成的硬餅乾，香醇適合搭配黑咖啡。

最棒的還是裝在紅色外表、古老字體的金屬餅乾盒吧。打開後有一張說明書，再打開臘紙包裹的餅乾，這讓打開裝餅乾的盒子像打開情書一樣。

2 月

23

看見二樓亮燈的招牌，像親切的路燈一樣，酒客是黑夜裡渴望跟花火交流的飛蛾，必須上樓。

在酒吧喝什麼酒呢？有些人喜歡喝調酒，享受調酒師用不同的原料在小小杯中發揮創意（當然，也有一些經典款調酒）。我現在不喜歡喝酸酸甜甜又有太多酒精的東西，甚至偏好帶苦味的。去小酒吧喝酒，還包含聆聽和傾訴的成份吧。調酒師看過太多太多的人，美麗，年少，年長，鬆弛的模樣。

2 月

24

有時候喜歡生吐司，有時候喜歡全麥吐司，有時候喜歡紋理扎實有彈性的窯烤吐司。

受日本文化影響，好像沒有台灣人不喜歡吐司的（食パン）。烤得酥酥的，奶油刀帶著果醬在表面刮過發出作響，撕開時冒出熱氣。烤吐司最棒了。

2 月

25

抱著日用器物需天天相處，不常更換，又老是沒找到一根「合理」的掃把。

最後我從網路上買來一根中國農家貨，紫竹長把柄，棕梠刷毛，紅銅線扎緊。掃地心情都變好了，美學意識給家戶內日常勞動添柴火。

2 月

26

不同的糖的風味截然不同，因此家中只有一款糖是不可能的事。二砂風味醇厚，金黃焦甜是最能代表台灣的糖味。黑糖的濃厚微苦，搭配黑咖啡與檸檬汁有出奇效果。結晶冰糖味道乾淨清涼，白細砂糖經過精煉嚐起來特別的甜。棕梠糖與椰糖據說升糖值較低，香濃風味是東南亞料理調味不作第二選擇。我會根據水果的個性來選擇搭配用糖，比如西瓜配冰糖，薑汁蕃薯配黑糖，反過來是不行的。

2 月

27

花蓮有一家早餐有賣甜甜圈，和炸甜甜圈洞的麵團（donut hole）。其實我印象中也有些傳統早餐店，炸油條之餘兼炸甜甜圈耶，只是通常沒那麼好吃。一般是賣炸雙胞胎的小販，賣的甜甜圈，麵團鬆軟有彈性，發得剛剛好，比較好吃。剛炸好的甜甜圈溫熱，滾上細粒砂糖，咬在口裡好棒。

2 月

28

我有個毛病，看到好像能吃的，都覺得可以放到嘴裡試試看。到底是野蠻，還是口腔期不滿足呢？還是探索世界的慾望呢。比如看著窗外櫻花，覺得摘幾朵，放到碗裡，也是參與花季盛開的方法。

2 月

29 潤

馬克杯是現代人最重要的餐具了吧。從住宿到工作，用自己帶的馬克杯裝水喝咖啡，像是自己一方小小的淨土，展示（或是洩漏）個人品味。我很珍惜這個國中畢業時在舊金山買的馬克杯，是我極少數的馬克杯地標紀念品。

3 月

01

生義大利麵還是乾燥義大利麵好？

柔韌自知的義大利麵彈牙口感（al dente），在乾燥義大利麵烹調後才能窺見、而新鮮的義大利麵帶給我們柔軟的唇舌安慰。哪個好？

我建議你們應該都吃吃看。

煮乾燥麵時，記得水中加鹽；炒麵時，記得加一勺煮麵水，讓醬汁更服貼。

3 月

02

台式早餐店是台灣的驕傲，一大清早就有大冰奶、現煎蛋餅、蘿蔔糕、和塗了美乃滋的三明治，老闆跟老闆娘零錢數字算得飛快，早晨就動起來！要知道歐洲早上七點只有麵包店有開門的，哪有在開火。我最喜歡的台式早餐店，座落在城南的一個十字路口，門口有一棵大樟樹，開放式的小店面。雖然喝完大冰奶都很容易跑廁所，但習慣之後，居然會有點期待這個小缺點呢。

3 月

03

實不相瞞，我好喜歡逛各地的農會超市呀。

農會超市集合各地生產班的優良加工產品，實用的糧食醬料，還有當地的特色農產。比如士林農會展售部，有來自陽明山和社子島的新鮮生菜，價格合宜，是我的寶庫。美濃農會因爲當地多新住民，東南亞醬料也不少。花蓮地區農會的白米種類之多，讓人躊躇。而新竹地區的農會，我要特別推薦寶山生產的在地黑糖，復古且味美。

3 月

04

花生醬是必備品。阿姆斯特丹的 De Pindakaaswinkel 是住在歐洲時最喜歡的牌子，大大的透明瓶身，簡單白色字體，有荷蘭工業設計的味道。純正的花生奶油（peanut butter），形容其絲綢質地，充滿堅果香氣。在台灣，我喜歡新竹新福源的顆粒花生醬。

3 月

05

第一次接受法式糕餅的震撼，是千層派（Millefeuille），吃之前才組裝，多烤一分則太焦，少烤一分不夠酥脆，夾著冰涼的奶餡，真是華麗優雅。

法式酥皮層層疊疊做成國王派、捲成葡萄乾卷、捏成牛角可頌，要做得好，在於要有溫控的酥皮房把片狀奶油一次一次壓成麵團，硬體設備投入不貲。得來不易的重複，疊加的金黃葉片，酥皮之美。

3 月

06

第二次擔任台北市傳統市場節的評審，這回主題是肉乾。

亞洲南向有華人足跡的地方，都可以找到台灣人熟悉風格的肉乾。跟帶有香辛風味的牛肉乾比起來，我更喜歡甜甜的蜜汁豬肉乾。

大同區蘭州市場，剛烤好薯條形狀的豬肉乾，是我這回的第一名。

3 月

07

在老家看到一只好看的藍色流釉花瓶，我說給我好嗎，爸爸說好哇，那是他大學時社團展覽跟陶藝社的同學買的。

如果十年前的自己，一定覺得這個花瓶太端莊了，像老太太的旗袍一樣，不知道怎麼用。不過現在發現這種老成的樣子，拿來配一些傳統花卉特別好看：蘭花、劍蘭。這是之前從來沒想拿來使用的花材。

3 月

08

週末的早晨特別合適包餛飩啦。白泡泡的一整盤，皺摺像胖娃娃的肚子一樣。自己包的餛飩肉比較多，適合燙來做抄手吃。

【餛飩肉餡】

作法：

豬後腿肉用調理機跟嫩薑跟嫩蔥打成肉餡，加入一點醬油、一點米酒或紹興、胡椒粉調味，不要肉太瘦的話記得加點香油或肥肉。喜歡吃蝦放蝦。對折成三角形後，把兩個端點手牽起來奮成。

3 月

09

這幾年歐洲老盤在社群媒體蔚爲風潮，因此有不少買手在經營這個生意。

疫情期間因爲不方便出國逛跳蚤市場，我買過幾個。老件難免要多呵護些，所以後來採新舊混用，好洗好用實際多了。

最後用來用去的都是那幾個：堅硬鑲金邊的法國奶白 Limoges 餐陶瓷，和巴伐利亞產的白色金邊橢圓盤。夏天則喜歡藍色唐草花紋的器皿。使用美麗的盤子吃飯，讓漫不經心的廚藝瞬間精緻了起來。

3月

10

自然酒的酒標通常非常可愛有個性，因爲不跟隨傳統的葡萄酒規則，反而創造出「有趣的發酵果汁」。強調不人爲干預，最大程度接受微生物跟作物互動發酵的結果，因此時常喝到意想之外的口味。

精釀啤酒風潮之後，接著就是自然葡萄酒了。

這是一個做自己絕對行得通的年代，自然酒就是證明。

3 月

11

豬血湯你是韭菜派，還是酸菜派呢？

內臟料理有種庶民的感覺，爽快重口補充氣力。台北昌吉街店家把豬血叫做紅豆腐，強調其軟嫩，但台中長大的我，對豬血湯印象是炸臭豆腐良伴。這個也是媽媽會說，你們要吃就去外面吃吧的料理，不會出現在家裡餐桌。

——我確認過了，端湯的手沒有插進去。

3 月

12

幾位朋友事業有成的父親，對於家中吃東西的規矩都很多，用餐時間、鮮度、香料、甚至是煎魚肉的酥度，過與不及，否則不吃。雖然這樣比較有點失禮，但我父親在家吃東西眞是隨和呀，他只要有炕肉跟滷豬皮，就覺得滿足。這樣說來，父親們都喜歡餐桌要有一道用醬油調味的菜色呢。

3 月

13

大學旁邊的餐廳通常沒有到極度好吃，卻讓人難忘，因爲是吃著吃著從學生變成社會人士的餐點。

公館有幾家港人開的餐館，燒臘粥品家常菜等，有一家我始終都吃鹹蛋蒸肉餅飯，十數年沒有改變過。不管心情如何，有沒有胃口，都覺得非常美味。

3 月

14

買不起房希望房價跌，買起房後希望房價漲，即使努力賺錢，還是會覺得不夠用。人生眞的是非常不容易啊。在能夠負擔範圍內，做一個經得起變動的購買選項，需要好多的智慧。

我的小公寓在不大會漲價的山上，但因爲在台北市，低總價，也不至於跌的太多。告訴自己：付的起，還的起。

3 月

15

酒這種東西不是求喝醉，是求盡興。

酒不醉人自醉，無酒精酒吧之所以可以成立是因爲如此。

對信任之人，展露微醺後放鬆的自己，是出乎自己的決定，不是因爲攝取酒精的效果。

3 月

16

上一份工作的老闆在我搬入自己的房子時，送了一棵有優美彎曲枝幹的孔雀木。

孔雀木散開如羽毛的綠葉，線條在白牆前具有構圖的存在感。

3 月

17

有兩個時候，嘴巴好像閒不下來，得巴喳巴喳給它一點事做。一個是坐辦公室寫稿的時候，一個是自己長途開車的時候。

寫一寫就摸到零食櫃前面找吃的，好像嘴巴幹活，腦袋跟手指就能同步作業。開車則是獨處，吃嚼勁軟糖好過自言自語。

酸味又耐嚼的軟糖是我的首選，比如日本 Bourbon 的 fettuccine 軟糖。

3 月

18

我在等待一個理想的廚具櫃，它應該要是木頭做的，有時光的痕跡，它不應該太貴。因此我等了很久，搬入住處一年後，某天在家上班時，看到老物社團釋出一件修復好的大正時期老餐具櫃——那就是它了。

我馬上確認好空間尺寸，匯好款，得到了櫃子。老櫃一面透明玻璃，一面霧面玻璃拉門，老玻璃特有的不均勻感，僅有的三層空間，正好是對擁有事物的提醒。收納不是做得越多越好，是擁有篩選過的實用美。

3 月

19

椅子是可以讓人體棲身的雕塑，寫字的夥伴。

我可不計較年代產地眞假，但租屋之人配擁有一個此後要帶著搬家的傢俱嗎？這是還在租房子的時候，買傢俱最憂慮的事。

3 月

20

把地產的濃醇榛果醬跟巧克力做成金磚形狀，用鋁箔包裝紙包起來，這樣入口即化的絲滑巧克力，最宜搭配濃黑的 expresso 咖啡。這就是義大利杜林特別知名的 Gianduja 巧克力。

曾經在杜林這座城市附近的小鎮讀過書的關係，對這款巧克力有特別的情感。打開珠寶一樣的巧克力外頭的包裝紙，像古老的儀式一樣。

3 月

21

時到春天，我的東部朋友、部落朋友，集體在臉書上呼喚著「箭筍箭筍」，「da'ci da'ci」，蛙鳴一片。

春天箭竹抽出的細嫩筍，微甘微苦，嫩而無渣。炒來吃，烤來吃，煮湯吃，都香——季節的鄉愁。

都市裡的人們團購部落箭筍，爬山的人鑽箭竹林。

爬山後買了草山阿嬤手剝箭筍，跟朋友買了同分，回家炒肉絲，跟上 da'ci 共鳴的味蕾。

3 月

22

因爲台三線藝術季，造訪位於新竹橫山河堤旁的粄食工作室。

工作室門口一株九穹樹，夏天像下雪一樣花苞落地。在樹下學到，做粄不只用手掌的力量，還要用上身體的重量。

原料單純，只有粿萃、砂糖、殺菁過的艾草，不添加油。揉到手光、麵光、盆光，米糰靜置時散發出糖一樣的光澤，就可以拿去大火炊。熱呼呼的，客家農村的艾草粄。

3 月

23

大餐桌除了放餐點，也是做事的場所。尋找餐桌的時候，在森林系任教、嗜好是做木工的老師豪氣表示，恭喜妳成家，我做餐桌給妳吧！

一開始只是想拿廢木料拼裝，後來，爲了支持台灣國產材，使用了在地的柳杉來製作。柳杉是快速生長的木種，材質偏軟，大力碰撞會損傷，據說凹痕可用熱抹布稍微恢復。爲了感謝老師贊助，我訂做了黃銅作品牌，讓老師的木工有藝術品典藏的地位。

3 月

24

男生朋友拜訪我家，最欣賞的設計，都是牆上可以黏住菜刀的磁鐵條。

一覽無遺，洗乾淨「趴」地一聲，黏上去眞是個不錯的收納方式。

而且 IKEA 就有賣。

3 月

25

春天就要吃蘆筍，這是歐洲人約定成俗的想法。

蘆筍喜歡長在沙地，台灣採收的時間是春夏，秉著吃在地的精神，我不追求嫩白像月光，不求肥碩如指，嫩翠綠當季都好。反正亞洲人還有筍子吃嘛。

煎好的蘆筍拌檸檬奶油與鹽，加上半熟蛋，是經典組合。

3 月

26

草莓大福有兩種，一種是包進去的，一種是切開來塞一顆草莓。深色豆泥包埋著多汁鮮果，跟寶藏一樣。露出豔紅草莓的大福，則有京都舞妓少女後腦勺黑髮、白色頸子、紅絨球之清純治豔。這幾年草莓大福很流行，時常買不到。不妨在家自己做，要幾顆就幾顆。

【三顆大福】

食材：

有機糯米粉80克、上白糖10克、片栗粉當手粉、草莓3顆、水10～15克、紅豆餡。

作法：

小鍋中混合糯米粉、糖、水，攪勻，爐上加熱，到成麻糬團，即可離火。或電鍋蒸成糰亦可。放涼就能拿來包。

3 月

27

大學時有品味的男同學開始學習喝威士忌和抽雪茄，我因此開始品嚐威士忌。大概是二十歲生日時便收到一瓶艾雷島的威士忌，但喝多了，走回宿舍路上失手打破了，不好意思跟他說，自己又去買了一瓶。

高濃度酒精的成熟風味，是時間的結晶。純飲，加入大冰塊、加水水割、加通寧水做成 High Ball 稀釋，都很有滋味。

3 月

28

孔雀木一年半以來，我感覺它在室內並不快活，屢屢長蟲，朋友橘 Sir 建議我換土。一年半後，我捨棄拿它裝飾白牆，將其移植到土壤，祈禱它能度過風雨和寒夜。一個月後，它很好，長出了三簇新葉。還交了竹節蟲新朋友！

3 月

29

不能夠吃多甜零食，卻意外迷上葡萄乾燕麥麥片餅乾。

喜歡葡萄乾在麵團裡烤後的香甜黏牙，還有燕麥或麥片造成的口感層次。質樸的經典，放在玻璃罐裡，想吃的時候拿一片來吃。

食譜：

燕麥片 135 克、小蘇打粉 1 匙、葡萄乾 80 克、鹽 1／2 匙、紅糖 50 克、肉桂粉 1 匙、低筋麵粉 60 克、楓糖漿 1 匙、無鹽奶油 100 克、雞蛋 1 顆。

作法：

奶油融化與糖打柔順，攪拌好材料，烤箱 160 度烤 15～20 分鐘。

3 月

30

有人很喜歡香菜，有人很討厭香菜，據說這是寫在基因裡的事。愛一點道理都沒有，天注定喔。

偶爾會在菜園遇到拿來留種的香菜，不但長得很高，還會開出星星一樣的小白花。

3 月

31

焚香，在物質文化裡，是把有形之物轉變成無形，因此具有可以傳達人的願望給神靈的功用。自從開始使用京都松榮堂的線香後，早晚一支香，讓木質香氣縈繞在空中，變成一種習慣。感覺比點香氛蠟燭更輕省。偶爾也會買寺廟的香品，以此淨化的意念祈願。我很得意自己在韓國旅行時，沒買衣服，倒是買了香。不佔空間與重量，芳香持久。

4 月

01

愚人節我拿必勝客出的空心比薩拿去菜市場的咖啡店吃，沒有餡，只有旁邊那圈芝心麵包，叫咖啡店老闆看看，看到他驚嚇轉笑的表情「……餡呢？」，覺得今年愚人節功德圓滿了。

在今天逗人愚人，練習幽默素養。

4 月

02

我給自己訂下「一週兩百元」的買花預算規則。

空間要美，但不宜奢張浪費。為了達到這個目標，對花價心中要有個底，花卉產地與批發花市買更廉，路邊野草花亦有可觀之處。過去我以為我不會買紅色的花；不過大紅色有大紅色的好，漸層和莫蘭迪，也很好，百子蓮和百合水仙都是優質國產花卉，並可以插上一週。

4 月

03

清明節前後，是台灣野莓大出的季節。

灌木有刺，花朵宛如白色單瓣薔薇，多年前我跟弟弟爬山時從山上挖回家種的小莓，今年終於煙火式結出鮮紅的果實。原來是爸爸把弟弟沒喝完的蛋白粉拿來當堆肥給野莓吃的緣故。

4 月

04

吃潤餅時，潤餅料在桌上一字排開的氣魄，有不言自明的豐盛感。沒有把蛋皮煎破，就覺得今年運勢會很好喔！

必備的是豆芽菜、豆乾、高麗菜——台南人據說會放入烏魚子，眞是太奢侈了。我喜歡放一些香香的蔬菜，比如說芹菜段和香菜，花生粉也讓人期待無比。

大體來說，這是一個可以大口吃進大量蔬菜的好機會，以及跟家人閒話家常的場合。怎麼包是個好話題，不想說話就埋頭猛吃，進可攻，退可守的天倫時刻。

4 月

05

年輕花卉育種家在田尾的小田地裡，春天種出了期間限定的英式花園。

黑種草、芍藥、玫瑰、牽牛花、蕾絲花，花千萬種姿態，枝條葉型也有可觀之美。一座令人感動的小花園的成形，要計算花卉開放高峰，植株高低，個別悉心照料。對植物這麼有愛的人，一定懂得溫柔的眞諦。

4 月

06

這是少見的蜜紅葡萄，葡萄皮即便煮過，僅有淺褐紫灰色。要倒扣出來的果凍，吉利丁要調多一點，形狀才會完整。

食材：

一串葡萄、15克吉利丁粉、450克開水、糖隨喜。

作法：

1. 把葡萄洗乾淨，建議使用有機或友善栽種的葡萄。葡萄剝皮，果肉去籽。
2. 開水加入吉利丁粉攪勻，爐上加熱，放入葡萄皮與糖煮約5分鐘把顏色跟風味煮出來即可熄火。
3. 葡萄果肉先放在容器底部，再倒入果凍液體，冰箱冷藏凝固即可。
4. 脫模時，把果凍容器外面稍微泡一下熱水，就可以扣出光滑完整的果凍。

4 月

07

紙是纖維材料，當然紙可以拿來寫，吸墨，但紙也能拿來糊出一個表面，透出光。紙燈在斗室中柔和光源，元宵節的紙提燈，晃蕩出光影是掌心流逝的童年。

4 月

08

甲馬是一種中國民間的宗教木刻版畫。這兩塊在雲南大理買來的木刻版，一個是白虎煞星，一個是草木神，當地白族人動植物有靈的世界觀顯露在創作中。特別喜歡白虎如條紋大貓咪，而尖耳朵草木神躲在樹叢裡的形象。

4 月

09

住在都市的人，春天的時候，是靠著青梅在市場的價格與果實尺寸，來回推，知曉數十天前產地山林的雨水跟溫度。

但後來我不怎麼做青梅泡酒了，因爲老是喝不完。

完熟的黃梅做糖漿倒是很實用。梅跟糖1：1，封蓋放個五天左右，果實出水融合成糖漿，鍋中煮沸殺菌，防止發酵變酒，保存起來。梅漿可以加氣泡水，可以加黑咖啡，也可以拿來醃漬蓮藕片、煮酸甜梅燒雞。

4 月

10

姑婆因爲年紀大了，搬到子女的城市定居，老家賣給對面的鄰居。姑姑問我願不願意收下老傢俱，我選了針車。這是姑婆的父親送給她的嫁妝，鑄鐵弧形腳架，縫紉機可以收納在桌面下。那個年代的婦女，似乎家裡都有一台。

費盡心思從彰化載來台北，變成小小的寫字檯。

4 月

11

宜蘭人的煙燻做得特別好，豆皮，花枝，鴨賞之類，非常夠味。深厚的甜味煙燻扎實感，拿這樣的豆皮，捲清脆多汁的蔬菜就太美了。

我用九成的豆芽，一成嫩芹菜。但還是不明白，爲什麼豆皮蔬菜捲要叫素鵝？

4 月

12

無糖冰美式消暑又有日常所需咖啡因，在韓國非常受到歡迎。曾經聽朋友說光是把每天喝的拿鐵改成喝無糖黑咖啡就變瘦了，一直做不到。去韓國玩之後，入境隨俗體驗喝咖啡習慣，自然而然就接受了改喝黑咖啡。

4 月

13

因爲台灣本來就有很好喝的豆漿、米漿、杏仁露，所以很難說服自己去買進口品牌的植物奶。一個是覺得新鮮的好像更好喝，另一個是覺得價差拿來付運費和品牌廣告費用不划算。這可能是我自己的偏見，但眞的覺得在這個蔬食成爲時尚的年代，從傳統飲食裡尋找，也是探索自己文化的好方法。

4 月

14

停車場的紫藤花開了，一串串的粉紫色，好美！紫藤花的美感跨越東西方，只是我從沒想過居然能吃。

吃花，類似焚琴煮鶴，風雅惡趣味。生吃脆脆的，帶股清香，有人把它做成藤花餡，我調粉漿做成煎餅。

4 月

15

住在淺山的第一年，春天以滿山迸放的相思樹作結。

一小球一小球的花朵，像嗡嗡作響的蜂群，盤旋在溪流邊，在樹梢，像金色雲朵一樣，散發清淡的樹木花朵香氣。這種豆科金合歡屬的喬木，除了能燒成堅硬的木炭，也是季節花材呢。

4 月

16

「我要把廈門拍成拿坡里喔。」拍照前跟男朋友這麼說。

什麼是拿坡里的感覺呢？就是斜射溫暖的陽光，大樹底下的椅子，外觀刷上油漆的樓房吧。

但真正的拿坡里，路上一定有足球明星的塗鴉。而我想表達的也就是，處處是風景。

4 月

17

外國人比手畫腳形容肉圓成「水母般的大肉丸」，確實傳神。外國人不知道的是，這類用蕃薯粉作成的包子肉丸，還不只於各地肉圓呢！台南祿記水餃基本上是蕃薯粉做的小包子，裡面有滿滿的筍丁，滷肉丁是搭配。吃起來非常清爽。

從小吃彰化北斗肉圓的父親一吃就喜歡，「我就喜歡吃有筍丁的肉圓！」

但，爸爸，這個是水晶餃啦。

4 月

18

遊覽城市的速度可快可慢，地面公車更勝於地鐵捷運。公車站停泊之處大多有人煙住戶，或者名勝。選定城市一個大區域，標記好市場名稱，安排路線，像航行在商店與小販的島嶼之間。行到疲憊，行到吃飯時間，閃入有當地人熱絡的商店，以空間的尺度來體會城市。

4 月

19

荷包蛋煎到邊緣恰恰，取出大刀斬成四塊，如此這般處理三顆蛋。再下油炒豆豉、醬油、辣椒、青龍椒、加入剛剛煎好的荷包蛋做成爽快炒菜。

這道非常下飯的湖南蛋，可以說它是男子漢料理的風格嗎？

我想到北京出差時的外賣快餐，和台北外省小館子裡的湖南蛋。我感覺它充滿把日子活下去的生命力。

4 月

20

是不是搞錯什麼事呢，覺得買不到的事物才是珍貴的。

想吃就吃得到，想買就買得到，能夠常伴身邊，這是眞正珍貴的事物呀。所以消失的時候，會份外的痛苦。

台灣的便利商店，是這樣的存在。

菜市場的白蘿蔔也是。

4 月

21

蕨類是向濕的，低光照的，站在陰影的。一向被如此教導。

在林務局辦的台灣原生植物展覽，認識了耐旱耐曬、站挺挺的海岸擬茀蕨，它成爲我滿山蒼翠新家的室友。希望我在我忙碌的時候，盆栽還可以活得很好，給我打氣；謝謝你，成爲潮濕山居裡獨特的存在。

4 月

22

懷抱著見識高級餐飲的心情去當了餐飲記者，畢竟非出身富裕，藉著工作，去學習不了解的世界很不錯吧！過了幾年，我開始對這種饜肥鮮的日子感到疲憊。平凡新鮮的食物，更能慰勞身體。高級的 fine dining，主廚們像當代藝術家，率領團隊，一套吃下來，不只享受美味，也吃進去很多創作的理念。

而我可能，只是，不想要吃飯時，想太多。

4 月

23

遠行出門該吃漢堡嗎？該讓全球連鎖品牌佔去珍貴的一餐嗎？如果有其他要事要辦，不想佔去太多的注意力，那麼我會選個速食品牌吃。不會有太多的意外，簡明的用餐環境，冷氣，洗手間，標示清楚的價格，行動支付。在速食店裡頭，安全做一個異化的旅客。大量複製的食品工業，是這麼地讓人安心。

4 月

24

心中有一個咖啡店名單。比如位在傳統市場裡，早上七點就開，像冷飲早餐店的老派咖啡店——買完菜可以在這裡抽菸歇腳，而我貪圖的是早上有人萃取很大杯的黑咖啡給我喝。或開到晚上十二點的深夜咖啡店，咖啡不一定好喝，音樂絕對不差。

家以外，上班地點之外的第三地，是出外人停泊幹活的島嶼。

4 月

25

新店碧潭旁邊的小丘，大概是台北市最容易到達的賞螢地點。若用長曝光捕捉螢火蟲的軌跡，紅胸黑翅螢在恰當的飛行速度下拍起來是連續三個光點，蟲子用人眼看不見的速度連閃三下；像豆莢裡三顆躺一起的豆子。也像三拍子的華爾滋吧。飄忽地滑在春天漆黑的夜晚裡。

4 月

26

嘉義美食雞肉飯，哪家是王？這題很難，各有擁護者，就像炕肉飯各有擁護者一樣。在雞肉飯飲食店，看湯鍋裡撈起的火雞，躺在大盤上的架勢驚人，廚子庖丁解牛一樣拆那隻巨大如哥吉拉的雞。白米飯上排上雞片，淋上雞油醬汁，難怪這麼地美味。

4 月

27

在義大利吃比薩，一人份是一個十吋的比薩，店裡會有自製的辣油。吃之前淋上辣油比加辣椒片正宗多了。但也不是所有的義大利比薩都長這個形狀，羅馬就流行方的烤盤比薩。傳到了美國，有厚如乳酪蛋糕的芝加哥比薩，和論片賣的紐約比薩。

跟哥兒們相約，第一站最宜約在比薩店。行家吃的方式，是把比薩片對折，尖端就口送入。

4 月

28

在延三夜市等紅燈的時候，瞄到轉角櫥窗裡煎得完美治艷的荷包蛋，於是就坐下來了。

蛋黃還能流動，邊緣完美一圈咖啡色的焦蕾絲，暗示邊邊蛋白質地會酥酥的——這是一顆集合不同材質於一身的荷包蛋。櫥窗上大字報三令五申，這是一塊的雞肉飯，不是一絲一絲的嘉義雞肉飯。是的，台北的雞肉飯風格，是類似油雞白斬雞帶骨塊，淋上醬油膏，配白飯。

堅硬的心，漂泊的靈魂，完美的荷包蛋都能包容。

4 月

29

大理花生長於溫帶，通常是進口的，以前覺得她不大像菊科一員，因爲，大理花的氣勢，姿態，語境都不是中文的菊花。

草間彌生童年時有張黑白照片，手捧此花，每朵都比她臉大，像預告這個小女生不凡的未來。

爲了這個大氣，偶爾用這切花。

4 月

30

鄰居的俄國牧羊犬跑出來了，聽到園丁呼喊，才留意到樹蔭下站了一隻美麗的狗兒。

陽光從樹梢篩下，它輕快踩在石板地上，軟軟的長毛，修長的身體和口吻。牧羊犬應該也會同意這閒溜挺值得。

5 月

01

搬到山上的時候正是年末冬天，於是開始喝熱茶。

有時候在農委會農夫市集買茶農的茶——後來他們都會傳LINE 通知，有時候在傳統茶行買茶。茶行歷經歲月的大鋁罐，紙條貼著：安溪鐵觀音、老茶、各色烏龍，鋁蓋玻璃大罐裝著特級包種，碧螺春和東方美人。櫃檯上還放了秤。看起來經驗老道。

下次再來，我會跟他們討教櫃子裡的紫砂壺，他們一定明白。

5 月

02

自己做的紅豆餡，好在一個豆香濃郁，而且可以控制甜度。

紅豆生南國，台灣的紅豆主要生長在屏東、高雄，因爲種植成本高，年年減產中。若有這個興致，自己煮紅豆，會發現鍋煮泡紅豆過程中，可以得到很多的紅豆水。紅豆水據說有祛濕的食療效果，不失爲料理的額外收穫。而曬飽南台灣陽光的豆子煮出來的水，特別地香。

5 月

03

很佩服在家種植植物的人，植物畢竟也是生命，必須照料。

我也相信植物帶來的回饋感，難以言喻。比如我有一顆小小的山烏龜，這是跟開園藝店的朋友買來的，到我手上，今年第三個寒暑，一年之中可能有一半時間都在睡覺的塊根植物，終於一次長出五片葉子。即便如此，我仍沒有積極施肥的打算，而它表達出強烈的向光意願，總是朝著窗戶的方向。或許我下次該種地瓜吧。

5 月

04

白色球鞋是不敗的基本款，我的腳型穿 Converse 不合適，倒是跟滑板鞋品牌 Vans 很合。Vans 有款基本的夏天帆布鞋，框藍線，布帶米白，至今穿到第四雙。每雙穿到後來索性都不穿鞋帶，當懶人鞋穿。

但要說是什麼時候迷上 Vans 的呢？大概是義大利讀書開學的第一天，一頭銀白亂捲髮的中年歷史教授，穿著合身西裝，腳踏著 Vans 走進教室那天。

5 月

05

拜訪友人，送人花束跟酒，是很合宜的選擇。

乍看有點貪圖享受？切莫這麼評論。鮮花束是盛開的安排，有期限，美化，但不會留著佔空間。送酒，可以一餉貪歡，可以獨飲，也可以同歡；有些酒款放著，有需要，其他場合轉送也合情理，是流通的禮物。

5 月

06

台北盆地旁一圈種茶的居民，特別是種出鐵觀音的茶村，據說大部分是福建安溪的移民。這些移民信奉保儀大夫的信仰，又稱作「尪公」。在神明頻繁出巡的農曆三月，尪公出巡以兩人輕轎，走入茶園和田畝，希望驅逐害蟲，土地平安，是保佑茶好喝的神明。

5 月

07

田媽媽是九二一震災後，農委會爲了輔導農村婦女就業，行銷地方特色食材發展出來的餐飲服務。拜訪農村，可以嚐到她們用樸素而有誠意的手藝料理食物。雖然沒有豪華的裝潢，但對地方的熟稔，農忙艱辛的瞭然，她們是最棒的。

5 月

08

天主教地區的復活節特別地可愛。不只有彩繪蛋、蛋糕店有羊羔形狀的傳統蛋糕、義大利人北方還有鴿子形狀的復活節麵包Colomba。表面灑了珍珠糖，如海綿蛋糕鬆軟，酵母長時間發酵而成，混有果乾的大麵包，散發甜蜜香氣，可以慢慢吃上兩個禮拜。說是鴿子的形狀，更像是一朵幸運草形狀的咖啡色雲。

5 月

09

第一次攀岩，是公司的 team building 活動，老闆自己沒去，叫秘書把大家奮力往上爬和墜落的樣子拍給他看。那時憑著一口氣，同時要教練用光筆指路，爬到了頂端。可想而知，那時同期同事待沒多久都離職了。後來，隔了很多年，去朋友開的岩館抱石，不綁繩索的那種爬牆。雖然手心冒著汗，但感受身體轉換重心，咻咻咻往上爬的感覺，很不錯呢。

5 月

10

歐洲讀書時，在週末市集買了十歐元的 Opinel 橡木柄小刀。這個拿來上學午餐切乳酪，切柳橙水果，野餐，都實用。也買過法國 Laguiole 這個產地的折疊刀，這是少數以產區聞名的餐刀，刀柄上的卯丁排列成十字星的形狀，蜜蜂金屬紋樣，據說來自拿破崙軍隊的標誌。不便宜，但一個人一輩子買這麼一把也就夠了。

5 月

11

台灣的古早味蛋糕很了不起，濕潤綿密，厚度跟尺寸都跟彈力抱枕接近。這樣說吧，不加餡，不補牆一樣抹奶油，是對蛋糕體本身的自信。

秤重一整盒帶走的感覺也很不錯，不精緻，但確實好吃。

5 月

12

我常常覺得不了解我的媽媽，而我的媽媽也不是很了解我。是不是真的瞭解，可能也不是太重要的事，特別是在長大之後。我的媽媽喜歡跟我要手寫卡片，雖然她並不在乎上面寫了什麼。她也常常說，她買的項鍊以後可以給我。能夠施捨的時候，她會覺得自己是個非常慷慨善良的人。大人跟小孩緣分有很多種，強求不來。

5 月

13

炒米粉明明那麼好做，也很好吃，隔天帶便當也風味不減，好奇怪，我卻不常做。

使用新竹東德成產的純米米粉，纖細柔軟，泡水就可以用。

一開始用豬油蔥、紅蔥，炒香泡開的乾香菇跟蝦米，散發出迷人香味後，再炒高麗菜絲與肉絲。加入剪斷的米粉，名爲「炒」，實則從頭到尾都是用長筷輕輕挑撥。收尾是白胡椒粉香氣，一點點的烏醋作爲隱味。

*東德成米粉出現在電影《消失的情人節》中，是女主角的老家。

5 月

14

都市傳說裡說，刺青包手（圖案刺滿手臂）的廚師在鐵板燒菜炒得比較好，把行走江湖魄力換成炒功，能不好吃嗎？一些接受過外國文化洗禮的工作人，也喜歡刺青，並且不避諱讓人看見。而爬山時，蕨葉在腿上投下的凹刻陰影，是陽光留下的刺青。

5 月

15

開咖啡店的人臥虎藏龍，比如說這位聖一吧，他同時還是一位台語男演員、台語演技指導。

店裡架上的咖啡豆用幾個大玻璃罐裝著，上面不寫藝伎，不寫肯亞AA，不寫阿里山。上面紅紙毛筆寫的是，「妹子」、「暴富」、「鮮肉」，任君選擇喔，感覺比豆子產地吸引人多了。老闆同時是貓奴，歡迎愛貓人士去吸貓。

5 月

16

意外在台北吃到非常美味的筒仔米糕。

蒸熟、米粒分明，橘紅色米醬像布丁的焦糖又像沼澤一樣，閃著光澤讓米糕站在其中。米吃起來既黏牙又舒爽，達到一個粒粒清楚，合起來整體敘事分明，彷彿大合唱「我是一份好米糕」。

吃了一次覺得不大眞實，隔天又吃了一次，確認品質穩定，是眞的。經營的是越南外配，手藝乾淨味美，難怪外帶絡繹不絕。

＊台北士林區福港街的良益小食館。

5 月

17

在家吃食，以蔬食爲大部分內容。目的是爲了身體健康還是心靈清爽，不好說。

這天先把培根煎酥脆，再用培根油脂炒香洋菇香菇，淋上希臘優格醬汁。豬油蔥炒地瓜葉，冬瓜蛤蜊湯，豆豉炒切角黃豆乾。

肉做配角和提鮮，蔬食是主調。

5 月

18

摩卡壺可能是家裡能夠購置的最低價正版建築物、雕塑品。

我最常使用的兩只摩卡壺都來自義大利家用品品牌 Alessi，一個是 Michele De Lucchi 設計的 Pulcina，層層疊疊的金屬外表，尖小嘴像隻低像素版的小雞。另外一只 La Cupola 是義大利建築師 Aldo Rossi 設計，頂蓋就像古典建築的圓頂一樣。

摩卡壺煮出來的咖啡濃縮，強勁，沒有沖泡的講究。正適合我這種早上沒醒過來的人。

5 月

19

在馬祖的海邊撿了很多的海廢玻璃。

咖啡色、綠色、藍色的玻璃被浪潮打磨後，變成圓潤霧面的寶石。

做什麼好呢？想過做成藝術品，想過拿來當筷架，最後放在玻璃瓶裡，用清水養，還它剔透上半生，兼固定繡球花。繡球花很需要水，英文 Hydrangea 字頭就是希臘文水的意思，瓶裡水位要夠高，花才有精神。

5 月

20

女朋友以飽滿的愛在都市陽台上養蜂，沒多久就蜂群大爆發。在台南時收到她的來訊，「阿毛，妳要嗎？」我沒多想就說好，住在淺山的我，一直想養個什麼。那天正是世界蜜蜂日。蜜蜂白天在外工作，晚上歸巢。我們大費周章噴煙把蜜蜂趕回蜂窩，出口黏上膠帶，開最強的冷氣，速速載回家。「回家放好，膠帶撕掉，不要回頭。」確實如此，膠帶撕掉一剎那，我們聽見背後群蜂憤怒的振翅聲響，被迫搬家之怒。

5 月

21

有個說法是這樣的：義大利菜的開頭，與結束，都是橄欖油。橄欖油，是油脂，也是果汁，醬汁，調和了菜餚的旋律。

這樣說有點道理，跟其他種籽榨油、精煉取油比起來，橄欖是果實榨油，因此果香草香濃郁。在義大利半島南端看到百年的橄欖樹，糾結伸展，根札得很深，因此滋味就有一百年那麼深。有好的橄欖油，料理變得簡單。

5 月

22

因爲擔任餐飲記者而生的素養，在於能夠敏銳辨識食記中的曖昧關鍵字。「創意」、「順口」，可能都是想不出更多具體形容詞的描寫，畢竟台灣人是很有禮貌的。以上涵蓋：有點好吃——沒那麼好吃；有點有趣——看不懂哪裡有趣，這就是文字的醍醐味呀。

這是人造素培根。

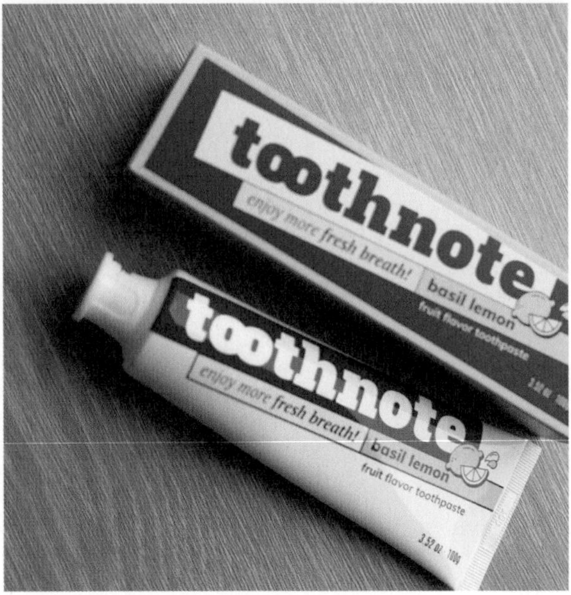

5 月

23

日常中可以變花樣的事情不多，牙膏可以是。

小時候第一次在日本逛藥妝店，看到數十種口味的牙膏，不免覺得多此一舉。長大發現，一個人要刷完一整條牙膏要花的時間蠻長，依據尺寸可能費時數個月。這麼長時間，是可以買一些別緻點的選擇。口味、功能、小包裝、甚至是設計風格。

Aesop 帶有八角口味的牙膏曾經大缺貨，海鹽與蜂膠口味牙膏曾經掀起熱潮，而義大利復古包裝的牙膏可以是浴室風景。

5 月

24

陽明山上的水圳路，大隱於都市邊緣。水流潺潺，水裡有小蝦小魚，山林風聲，溪谷唱歌。夏天時不妨直接把腳踩在水裡。大疫年間，人悶壞了，第一次來這裡爬山，萌生住在山上也可以的念頭。一兩年後，我真的在不遠的淺山上成家了。

5 月

25

在回台灣的飛機上，我確診了。

「怎麼能確認是那班飛機呢？」

眞是個好問題，旅程中間都活蹦亂跳，回來開始生病，就姑且這麼認定吧。長途旅行會密閉空間接觸到很多人，舟車轉乘容易疲累，都是病毒趁隙而入的時機。後來了解到這點，我更加小心出門必帶酒精消毒噴霧，早上一定要喝維他命C的發泡錠。殺菌和提高抵抗力。

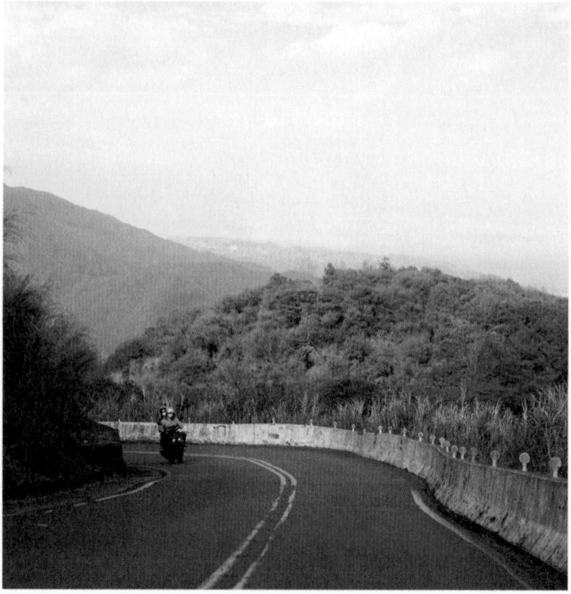

5 月

26

離十八歲考到駕照多年後，我終於克服上路的恐懼，成爲開車的人。

車流其實是像魚群一樣的有機體，有時候流暢默契，有時候焦躁，有時候各自馳騁，了解到這件事之後，只要提前用燈號把行動告訴魚群中其他移動的物體就好了。

上路第一件事把路上歌單做好，我的第一首歌是李心潔的〈Happy Tune〉，「沒有人知道我已經出發……。」這是我的快樂旋律。

5 月

27

貢寮爬山摘來的月桃花串，用綿白糖煮過，加上沒喝完的琴酒，做了帶著薑葉與柑橘氣味的月桃糖漿。

爲什麼要這麼做也說不上來，馴服野生季節之花，蜜漬，滾沸，醉了她。還是有其他的方法？

5 月

28

吃燒餅沒有不掉芝麻的、好吃的可頌會掉麵包屑、有誠意的肉鬆麵包一邊吃也會一邊掉肉鬆。

Leonard Cohen 說過，萬物皆有裂縫，這樣光才照得進來。食物夠好吃，這些不穩固的成份都可以被原諒。

5 月

29

「妳的美感是怎麼培養的？妳一直都這麼有自信嗎？」

美感或自信這件事，我不覺得我一直有。但可以這麼說：現在的教育，不傾向稱讚一個小孩表現好是因爲天生聰明，而會告訴他這是因爲他所做的努力。美感也是，要不跟隨消費的標準，需要長久以來的自覺行動。

5 月

30

看貓伸懶腰，彷彿腰跟骨盆關節都拉開了，好像很舒服的樣子。我對貓毛過敏，不適合抱貓，但偶爾忍不住還是會啪啪啪地給貓拍屁股，看貓舒服，我也好舒服。

5 月

31

萬華的冰果室，白鐵櫃子面對客人的那面玻璃內，排滿五光十色當季水果，在櫥窗裡成爲酸甜表情形狀，上下有結白霜的彎曲管路通過，看起來復古清涼。

6 月

01

「鬆弛感」美學，一開始應該是從英文 casual 對應來的，再加上法式美感的一點想像——拉鬆的髮絲、寬大的白襯衫，接著到自若沒有壓力的身體，都會被歸類於此。

到底鬆弛感不是邋遢。鬆弛感有個潛藏的語境，就是世道如此緊繃，還是活得像朵蘭花水仙一樣。鬆弛底下有強悍的底蘊，才能那麼空靈。自律是首要條件。

02

台灣在二〇〇二年加入WTO後，打開民間釀酒風潮，精釀啤酒的在地風潮也差不多從那時候開始。

努力學習啤酒的知識，拜訪許多酒廠，到某個時間點之後，我就明白自己絕對不是喝苦啤酒的材料，口味上偏好酸爽或是微甜，特別是法蘭德斯地區的自然酸發酵，因此美式IPA如何酒花芬芳對我來說都像朋友的事。但出國去精釀啤酒吧廝混通常是個好選擇——因爲通常裡頭的人英文都很流利。

6 月

03

現在的爐具很聰明，不只是ＩＨ爐，連瓦斯爐都能定時了。

本來這樣的設計，是要讓忙碌的煮飯人、家中的老人，不會忘記熄火。

但這樣的設計，也很適合想要讀書等湯煲好的人。終於能夠沉浸在情節裡，不用時時張望。

6 月

04

旅行或爬山需要的輕薄毛巾，夏天滿頭大汗可以帶上的毛巾。首推今治的 MOKU 毛巾。很容易吸水，很容易乾燥，多種顏色，收納起來跟手帕一樣大小，非常喜歡。

第一次遇到是在瀨戶內海的藝術季，今治是當地愛媛縣的品牌，炎熱的海島旅行，把擰乾的濕毛巾放在脖子上非常消暑。拿來洗澡擦身體，或放在廚房擦乾洗好的碗盤，都非常好用，是家中必備的織品。

6 月

05

天氣好熱！什麼都吃不大下，白天吃沙拉輕鬆又舒服。

小卷可以買新鮮的，也可以買急凍的鮮小卷，口感也很好。畫出刀痕，跟大蒜和香料橄欖油蓋過，烤箱烤，油封的做法會嫩，有海鮮和大蒜香味的橄欖油也可以拿來使用，不浪費。

6 月

06

台北市的涼麵，麻醬涼麵，靈魂伴侶是含有貢丸豆腐蛋花的三合一味噌湯。

涼麵在這座城市出沒的時段是二十四小時。我最喜歡的一家，位在信義區滿佈吃食小店的長街巷。麻醬濃厚輕盈像一朵咖啡色的雲朵停在新鮮的細麵上，沒有多做什麼，卻覺得非常好吃。有些人覺得還要自己拌開有點麻煩，但這個造型，豈不是跟東京下町 Asahi 啤酒大樓樓頂，飛利浦史塔克做的金色雲朵雕塑有異曲同工之妙？

6 月

07

嘉義有非常好吃的甜瓜，溫室一藤一果，多汁芬芳。但這樣價格高的瓜可能不能常吃。水果攤買回來的瓜，品質沒那麼好，如果不甜蜜，拿來做成冷湯，淋上橄欖油，撒上海鹽，清涼，且易於消化。

6 月

08

夏夜游泳的時候，不知道爲何每次頭抬出水面，就聞到泳池圍牆外傳來烤香腸的味道。一陣一陣的，讓人越游越餓。

肥滋滋，甜甜微焦的烤香腸，咬下腸衣蹦出的滾燙肉汁。搭配生蒜頭咀嚼，這等爽快，是露天移動的烤香腸攤的強項。

*花蓮吉寶竿豬肉鋪的香腸，是阿美族朋友家族開的店。每逢佳節就要殺大豬的原住民，豬肉能不好吃嗎。

6 月

09

提不起勁的時候，就是旅行的時候了。

我現在對於旅行事先的功課，可說是點到爲止。確認好交通、手機網路、前幾天住宿，就可以出發。懷抱太多的設想，可能會對身邊的小風景視而不見，大家都說好吃的店，不一定適合自己口味，可能只是交通方便而已。

永遠都要記得，自己陌生而無知的目光，就是最能給風景帶來樂趣的濾鏡。

6 月

10

很久以前上廣播的時候，主持人問我喜歡吃什麼粽子，我說，湖州粽。我喜歡粽子裡面只有一種料，比如一塊五花肉，或是豬油豆沙餡，米粒入味軟爛，「粽子裡面料包那麼多做什麼？其心必異」——居然爲了合理化自己喜好口出狂言。

事隔多年，我還是喜歡湖州粽。不過吃到餡料與米均衡搭配的南部粽，內心也會相當感動。米飯還是要糯糯的，才像吃粽子吧。

6 月

11

扇子有兩種，折扇和團扇。

當然也有那種可以掛在脖子上的小電風扇，但我始終有點抵抗這種胸口的小馬達風扇，可能是討厭其塑膠材質以及充電感。手搖扇，實踐的是一種心情的清涼。

6 月

12

夏天的時候戴草編帽是遮陽又體面的事，形狀筆挺的，男生女生戴都好看。擁有寬帽沿的草帽，雖然被叫做巴拿馬，但是是源自厄瓜多人的手工藝，在歐美是夏日時尚的要件。織數越密集，價格越昂貴。是不是要購買進口的草帽，完全看個人。若要支持在地手工藝，大甲、苑里的藺草手編帽，帶著草香，也是行走的選擇。

6 月

13

家中必備透明玻璃杯，裝氣泡水、啤酒、茶水，都有清澈透明之美。玻璃杯的腰裁手感比例弧線與直角，亦是講究之處。然而世事不能兩全，越是透明輕薄者，要麼價高，要麼易碎，洗破怨不得人。

日常是妥協和快樂並存的，玻璃杯就是一個好例子。

6 月

14

回想起來，我曾經迷失在拜訪台南的觀光客心理中。因此在短短幾天攝取了過量的牛肉湯、虱目魚皮、碗糕、炒鱔魚、水果冰。放縱與探險的界線，眞的是不好拿捏，去旅遊眞的是一個很好脫離日常的手段。這是視覺上衝擊比味覺多，沒特別好吃但很美的哈密瓜冰。還是值得吃一下唷。

6 月

15

小迷信帶我們趨吉避凶，寧可信其有讓我們至少不出差錯。

開車出遠門我總帶著花蓮馬太鞍巫師用草紮成的護身符。

年輕的阿美族巫師說，祖靈喜歡田園，農作和勤勞的人——我也喜歡自己是這樣。

6 月

16

做大蛤包米飯——我在吃東西上有一個特點，幾乎不叫外送。要麼自己煮，要麼簡單果腹，要麼去外頭吃。吃不到的時候更要自己做了。

不外送更像一種生活的選擇，生活中纖多瑣事都可以假手他人，清潔、洗頭、倒垃圾，但吃東西這件事不宜讓步太多。

6 月

17

新竹老街北門街，看它從垂垂老矣，老屋文資立案到新建案進駐街廓。

古風尚存，存在騎樓轉角下喝一碗四果湯。

透明像點了一抹胭脂的脆圓、花生、綠豆、麥片、粉角，桂圓湯底加上冰塊。襯手的老瓷碗，鐵調羹，時光凍結在其中。

6 月

18

全聯超市有一款蔥油雞肉，裡面還帶皮凍，冰冰涼涼的，是夏天忙碌時不開伙的良伴。

仔細觀察台灣的菜市場，油雞、白斬雞，是必備的攤位。祭祀拜拜、家中餐桌，雞肉都是不可少的。如果有空下廚，把雞胸肉用蔥油、香料（孜然、胡椒、花椒）、一點鹽醃漬後，入滾水轉小火泡熟。就可得鮮嫩雞胸肉以及一小鍋雞湯，擺上蔥絲，再淋點熱油，是很不錯的涼菜！

6 月

19

初夏小羊是快樂的代言人。腳尖像有彈簧一樣，每步都有輕盈舞步與甩身，蹦蹦跳跳在綠草如茵裡。新生命都可愛。

6 月

20

越南米紙是特別適合夏天的料理。半透明揭示內容物，清爽從視覺開始。準備生菜，越南店買來的奇奇怪怪香草：越南刺芫荽、魚腥草、紫蘇、薄荷、叻沙葉，燙好的鮮蝦，嫩綠與橘紅，非常好看。有一回裡頭改放燒臘店的叉燒，欸，也相當對味。請把它當成乾燥的澱粉片來使用。

6 月

21

在地製作琴酒的流行，是站在藥草酒的傳統上，酒精作爲載體，留下在地香草與食材風味。

拜訪釀蒸餾所，這是一家使用花蓮物產：柑橘、柴魚、柚花賦予蒸餾酒風味的在地琴酒蒸餾所。像太空船一樣的紅銅蒸餾器，把不同階段的酒精產品分餾出來。英文裡 spirits 是蒸餾酒的意思，是複數的靈魂（spirit），想像酒瓶裡裝了多少傷心與快樂的靈魂，裝了什麼樣的土地詩歌。

6 月

22

到海邊，鋪好浴巾，帶上一大瓶水，墨鏡，以及書本。露出肌膚，沙子輕輕黏在身上毋需在意，悠閒地度過溫暖一日餘光。男朋友形容，我這個跟歐洲人學來的週末方法，太會生活了。

6 月

23

製作日式燒茄子的快樂，百分之六十來自於拿刀切花。

唰唰唰地畫出斜線，但不切斷。切完盡快下鍋煎，才不會氧化，先煎皮，再煎肉。

茄子美味的祕訣在於燒軟燒入味，不妨油放多一點。日式燒茄子使用了鰹魚醬油、糖、米酒、碰醋、薑絲，放涼也美味。

6 月

24

在韓國獨自旅行一個禮拜，每天吃泡菜小菜，我感覺自己腸胃道的菌落已經改組，畢竟經過一個禮拜不同辛奇的洗禮，我的腸胃道菌落可能會說基本韓文對話了也說不定。但這種感覺挺不錯的！我也學到，泡菜有各自的美味賞味期間，發酵久了口味酸重，淺漬還有蔬果甜美口感。所以買回家的泡菜開了就趕快吃完吧！

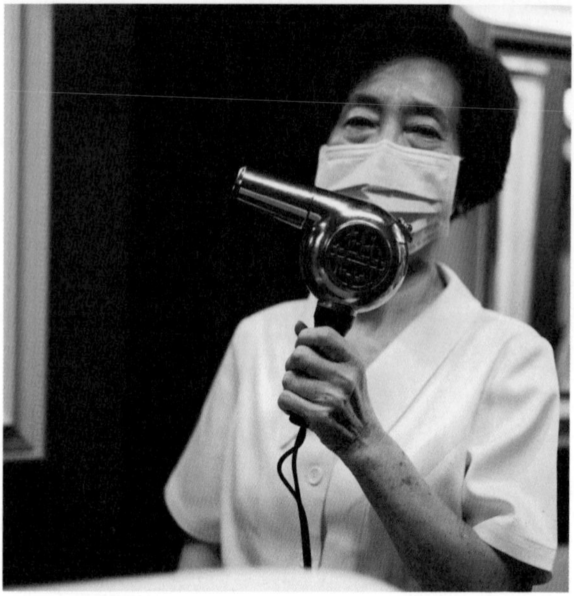

6 月

25

因爲台南機智媳婦的推薦，推開老派男子美容院的大門。

被稱作「七仙女」的資深美容美髮師們，穿著潔白制服套裝，跟阿姨們一樣資深的吹風機，可以把老男人頭上所剩無多的頭髮吹得體面站好。我在這裡洗了頭，修了手腳指甲，覺得體面且油光水滑，非常享受。

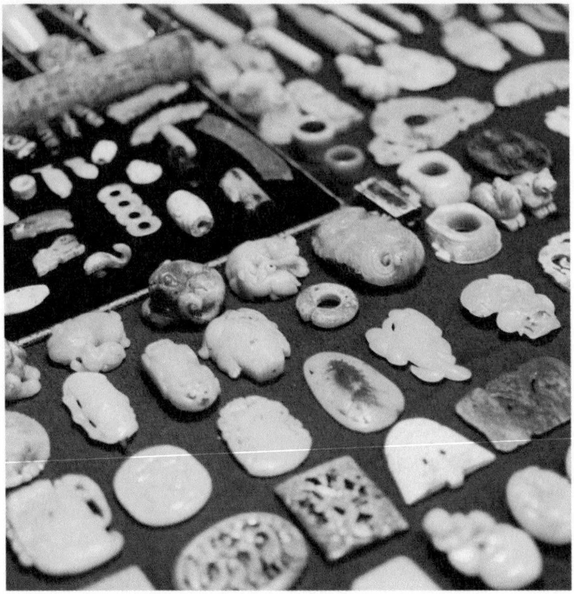

6 月

26

這個城市藏著很多我不知道的角落，不知道的時空。

沿著建國北路轉向八德路，因爲下起雨，到古物攤販市集躲雨。

看出興味來，覺得古人把這些溫潤的石頭佩戴在身上，很有雅興呢。仿漢的老玉，有不同的動物形狀，有著寬厚肩膀，回頭一望的熊，好可愛。

6 月

27

如果你有一個好看的花瓶，和對自己美感有點信心。路邊當季的野草花，也能綻放出可喜的風景。雖然野草野花常常需要更多的水份維持形貌，不一定耐久。但能夠在一枝草，一束花中，看見一個世界，這便是領受了生命中很好的祝福。

＊六月是野牡丹的季節。

6 月

28

溪流與青苔是低海拔山林常見風景。

爬山不追求大山，不追求高原與海拔，但願能走在流動的禪意裡。

工作上遇到難題的時候，我也會在上班過程跟強壯的路樹說說話。

6 月

29

野溪游泳時，著迷於光線從水面
折射而下的波光，身體隨著水體
晃蕩，覺得被釋放了。

6 月

30

挑筍要挑泡在水裡的。加冰塊更好。
消暑的方法，不過如此。

7 月

01

颱風天就是要吃罐頭呀，那就用罐頭來做義大利麵吧。

沒有上菜市場，但是食物櫃有藍衣垂釣老人的同榮茄汁鯖魚罐頭，還有乾燥義大利麵、蒜頭、酸豆，以上就可以做一道茄汁魚肉義大利麵。

酸豆是刺山柑的花苞，義大利人常用醋鹽水醃漬，是義大利南方料理常見的元素，酸味點睛。

煮這種混血義大利麵，不妨用醬油來調整味道，鮮味會整個豐潤起來。

7 月

02

義大利春夏的時候，市場滿滿的節瓜花。

先有花，再有瓜，因與果都可以拿來吃。

節瓜花沾上蛋液滾上麵粉，用橄欖油半煎炸就很好吃，也可以在花苞內塞入新鮮乳酪餡，增加樂趣。要節瓜花炸物鹹香，祕訣是蛋液麵糊裡加入幾條鯷魚。買不到節瓜花，可用絲瓜花取代。

7 月

03

稱讚人宛若蜜源植物，可是極高的讚美。

又仙氣，又向光，又招蜂引蝶，好處都佔了。

我的蜜蜂剛搬到山上的第一個白天，看牠們穿梭在百香果棚架的樣子，彷彿置身天堂。後來花謝，我憂慮了一陣子，不知道夏天有啥好吸飲的甜花，直到傍晚行經七里香，依稀聽到蜂鳴振翅，抬頭看，蜂群在芬芳白花中暢快無比！原來七里香也是蜜源，花期又長，太棒了。

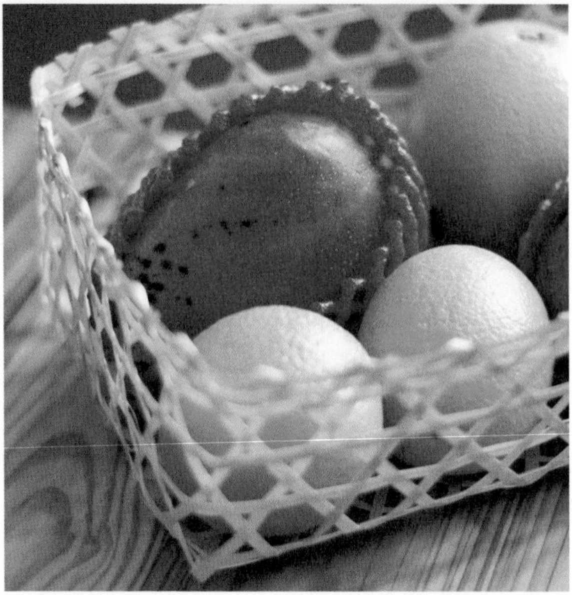

7 月

04

如何不酗芒果與荔枝，當夏天腳步走近？

從柔黃到胭脂桃紅，油亮與鮮紅的各色芒果，一派南國的甜美鮮豔。荔枝也是。

這兩者總要吃到汁水淋漓才過癮呀。要注意糖分很高，容易上火。

7 月

05

有一陣子很常翻過陽明山系，金山海邊游完泳，到水尾漁港吃晚餐。這個小小的，一點都不熱鬧的漁港，行走起來很舒服。

那天發現一間咖啡店，老闆是台北市搬過去的藝術家，咖啡好喝，甜點別緻，走到廁所是一片洞天福地。以野獸派的馬蒂斯爲靈感，拼貼水果月曆彩繪壁畫，這間廁所是整間店最接近藝術的所在。希望你有機會也來這裡，喝一杯咖啡，上廁所。

7 月

06

在社子島種有機生菜與香草的農夫，把工業電扇放在萬壽芳香菊樹叢前面。

當電風扇旋轉，空氣中就送來這種植物類似百香果的清甜香氣，涼爽的薰風撫慰滿頭汗水的人。一邊要揮鋤下地，跪地採收，身後涼風有詩，這是極高的生活餘裕了。

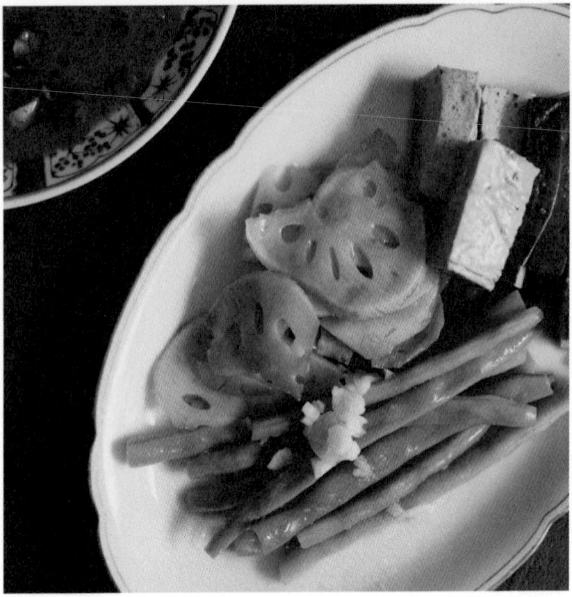

7 月

07

夏天中午吃些健康的涼拌菜。
滷大豆乾、檸檬橄欖油鹽調味的
燙四季豆、梅汁蓮藕。

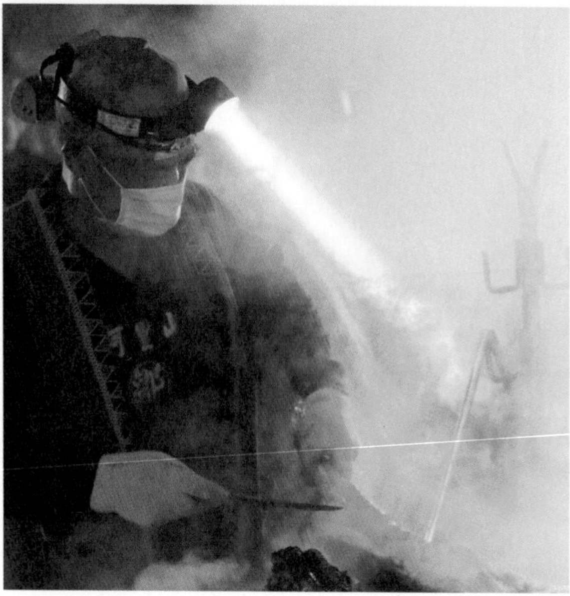

7 月

08

有原住民烤大豬的同樂會，整場氣氛都會很開心。在彰化的花田喜熂，張老闆請來了烤大豬，烤肉油脂煙霧瀰漫，肉香四溢，烤豬大師戴著頭燈，照出一條燈的路徑，像美味肉肉的礦工。

7 月

09

米麴酒在亞洲不同國家有自己的名字。中文說的甜酒釀，日本人的濁酒、甘酒，韓國人的馬格利（農酒），台灣原住民的小米酒。都是用煮熟的白米，加上麴，自然發酵，做成像是低酒精乳酸飲料的東西。相信我，這種東西就是要喝活的新鮮的，微微冒泡的才好喝呀！眞的會有細菌活動旺盛，養顏美容的感覺呢！

7 月

10

養康普茶，像玻璃罐裡養漂浮外星飛碟一樣，半透明，一層一層，那是醋酸菌跟微生物長出來的複合物，叫做SCOBY，據說吃起來像蒟蒻一樣。

剛領養的時候，很認真給它加糖茶水，希望它維持在最佳的酸甜口感。但很快我的胃口就轉移了，康普茶雖然健康，但對我非必需品。這個飲品在疫情封城期間，很受到歐美的歡迎，我想這是蝸居的人，最低程度能夠感到收穫樂趣的寵物了。

7 月

11

有些食物吃了會覺得，「當台灣人還是蠻不錯的啊」，夏天的粉粿就是一個。

傳統使用山黃梔染色的粉粿，以太白粉跟地瓜粉製成，Q軟嫩的口感，非常台，非常溫和。調味使用黑糖漿或二砂糖漿。事實上這種鮮黃與棕黑向日葵一樣的配色，看起來極大膽。我會使用冬瓜糖漿，冰塊，上面再撒上一點黑糖增加口感。

7 月

12

領養的蜜蜂住在特別訂製的小巧蜂箱裡，用淺色松木做的，非常可愛。因應季節豪雨，從後火車站的建築材料行，買了透明浪板做成弧形蜂箱屋頂，非常得意，跟任教於建築系的朋友說，「如何，我感覺自己是外雙溪的西澤立衛。」

「很像學生的作業。」她委婉表達專業的標準。

——這題我覺得應該要開放給蜜蜂使用者投票才對。

7 月

13

著迷於梯田的景觀。梯田是小規模的農業，必須仰賴大量的人力跟獸力，或僅能使用輕機械。沿著地表起伏的景觀，看起來特別可愛。

日本視梯田爲里山農業重要的元素，台灣梯田所剩不多。其中貢寮山頭的生態水梯田、花蓮豐濱面海而生的梯田，至今依然循環耕作。吃梯田米來支持這樣的風景。

7 月

14

秋天是歐洲菌子的季節，西餐會換上金黃褐色菌子菜單，牛肝菌、雞油菌、松露、羊肚菌；夏天多雨溫暖，是雲南菌子的季節，昆明菌子批發市場裡奇形怪狀的蕈菇，每個攤位都像打開異世界的窗口。

我愛乾燥菌菇多過新鮮菌菇一點，深沉的土地與木質濃香，讓湯汁鮮濃。發得好的肥厚冬菇，口感堪比鮑魚啊。

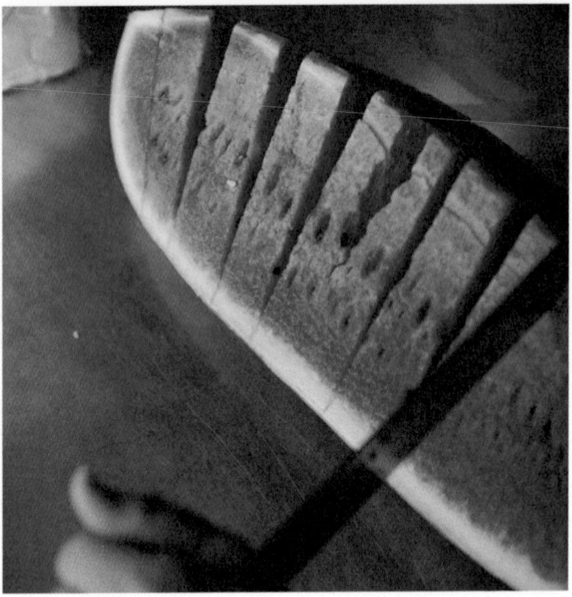

7 月

15

在台十一線從花蓮北返的公路上，沿路不時看到賣西瓜的攤販。

招牌上寫西瓜三百元到二百元，經過每一攤都在想還有下一攤嗎？「是我就在招牌寫：最後一家！」

終於停下來買西瓜，原來數字是小型西瓜一粒的價格，大西瓜還是要秤。不過西瓜還是大的好吃，特別是冰箱冰過之後。

＊大西瓜的品種叫華寶，口感脆，整顆超過十公斤。

7 月

16

在沙灘散步的時候，撿到被海浪
沖上岸的蜘蛛人玩具。
搖一搖，肌肉組件裡掉出沙。這
是一個沙灘上的邂逅嗎？

7 月

17

房子斡旋完，女朋友說要分我幾顆完熟的麵包果，順便問候價格事宜。這是名爲友情，見證人生重要片刻的麵包果呀！

使用黑色鑄鐵鍋，把麵包果加上雞骨架、小魚乾，變成很好喝的湯。這顆麵包果沒有被辜負可以這麼說。

*附帶一提：花蓮人都知道夏天不可以把車子停在麵包果樹下，果熟蒂落，可能會砸破車窗。

7 月

18

有一種爲難叫做：桌上四顆酪梨一起熟。

成熟之後的酪梨，可以切塊放冷凍，拿來打蜂蜜酪梨牛奶，宛如綠色的森林奶昔。網路食譜有一道把雞蛋加到切半的酪梨裡烤熟，看起來蠻美的，可是吃起來不大好吃。把酪梨切塊，加點和風沙拉醬跟番茄、豆腐、洋蔥，就非常好吃。

7 月

19

高濃度蒸餾酒，伏特加，高粱這類透明重拳。我覺得都要由悠久歷史的國營酒廠，加上土地與人民勞動的元素來做，讓這樣的酒變得更好喝。戰地的金門馬祖高粱，前蘇聯國家立陶宛做的伏特加，都是很好的例子。

怎麼喝好呢？調氣泡水做成highball，或是放在冷凍庫凍的冰冰的，當作送來訪朋友返家前最後一杯，精準投放的情意炸彈。

7 月

20

豐濱是夏天的鄉愁，來靜浦當太陽的孩子，看看老朋友。
今年我的朋友們都升階級了。
以前當哥哥的，現在是青年導師。以前是弟弟的，今年在中間打酒。
雜貨釣具店遇到的大哥說：明天早上六點，太陽出來後，我就是老人了。
四年一次，殺牛的日子。

7 月

21

「煙燻是用火來調味」，豐濱海岸線上的烤飛魚，以月桃來烘烤製成。

烤得略乾，接近肉乾，吃起來噴香，像在味蕾上起烽煙啊。炎熱夏天特別適合配氣泡飲料，還要開車，只能喝可樂。這家店我從學生吃到出社會工作，菜單換了幾回，不變的是飛魚香。

7 月

22

終於有颱風要登陸了。

大家都說剛退休的氣象員具有退散颱風的體質，如今榮退，就要來複習防颱準備。罐頭、泡麵、手電筒，充電源。我住在山上的社區，大雨時會有土石警報，偶爾會停電，出門要注意路樹掉落的枝幹，車子不要停在搖搖欲墜的大樹下。今天還固定了昨晚被吹倒的蜂箱，同時補充蜂糧。希望我們平平安安。

7 月

23

現在一年到頭都在情人節，跟購物網站發明了很多節日促銷一樣。

七夕牛郎織女在雀橋上相會，現實生活中竹東的東寧橋下，婦女在橋下洗衣服，名爲洗衫坑。戀愛活動一年一次，衣服平常就要洗。

7 月

24

路上手搖飲料店很多，但有一種錯覺，好像還是老派紅茶攤的紅茶滋味醇厚？

這種紅茶攤通常用不銹鋼冰櫃裝飲料，用大杯子舀給客人。

比如北投的紅茶店，或是每次來基隆市場都會買的這家仁愛市場青草茶。

7 月

25

第一次去義大利，在旅館接待等待時，迷上鮮黃色的檸檬糖果。來自南方溫暖的卡布里島，口感酸甜，裡面還有黏黏的果汁餡，會忍不住咔咔咔咬起來。

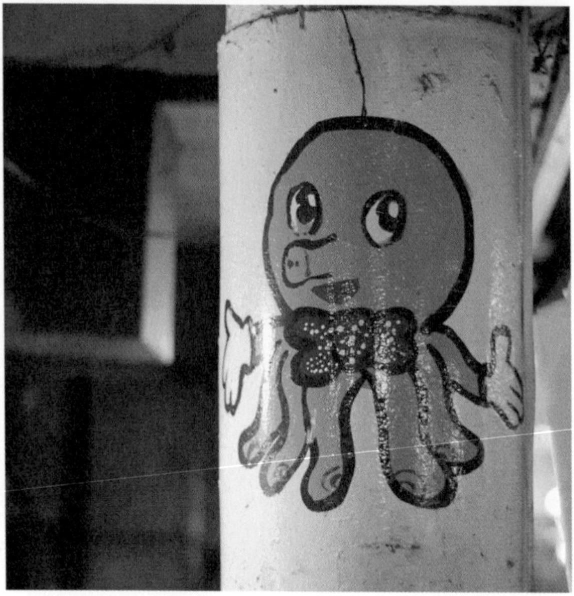

7 月

26

路上觀察學的樂趣包含奇奇怪怪的圖樣。原本應該是可愛跟美麗爲出發點的設計，現實中有了惡趣味的感受。雖然不好看，但是讓人印象深刻。不知道是哪個環節出了問題，不過大家能夠欣賞就好。

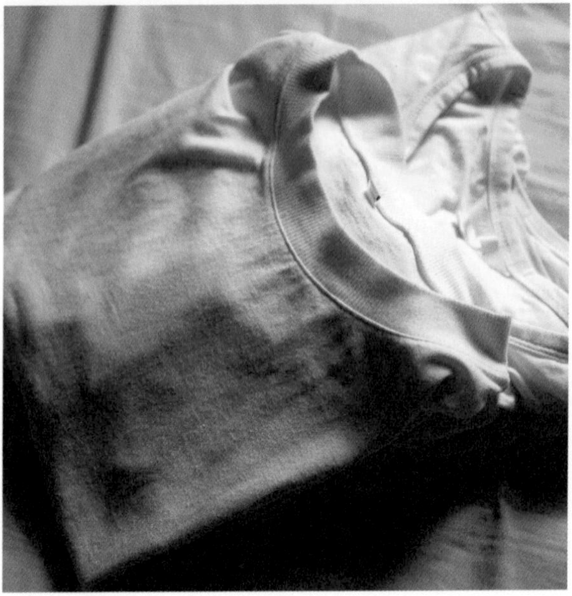

7 月

27

一般情況下素色 T-shirt，就可以應付生活中大部分情況。日常與工作，就是單穿還是套上西裝外套的分別。

有圖案的 T-shirt 像穿在身上的自我表達——但不知道什麼時候開始覺得，身為大人不可以那麼輕易就把心裡話說出來吧。有時候可以例外，比如去酒吧時，穿上喜愛的歐洲酸啤酒廠 T-shirt，就可以輕易交上愛喝啤酒的新朋友。

7 月

28

爆漿是台式美學——小籠包、包餡點心、乳酪丸子、奶油餐包，溫馴外表與內在狂野質地的反差，適合日常中追求小小刺激的人。

7 月

29

我有好多輕薄的帆布袋，大多是國外買的，特別是歐洲。

感覺穿什麼，都可以用一只帆布袋來搭配，美術館賣的環保包、書店滿額贈送書袋，都很好用。

用最久的一只，有十幾年歷史，是在雲南大理買的麻布包，上面用版畫字體寫著「回家種田」。

我是常常想著要不回家種田算了，最後還是在都市打滾的人。而這個包，用了那麼地久，已到了盡興的程度——不畏清洗，壞掉那天是功德圓滿。

7 月

30

夏天到了就要吃鰻魚、以補充元氣！據說這是日本人發展出來的說法，因爲夏天是鰻魚尺寸和飼育成本平衡合宜的時間點。鰻魚神祕地誕生在海溝中，洄游河流成長。曾在溪流出海口看到石縫間肥美如大肉腸的野生鰻魚，念極其珍貴，讚嘆完連照片都沒留下。台灣的雲林沿海是鰻魚養殖的重鎭，不管是蒲燒、還是白燒，都很美味。在韓國試到了烤淡水鰻魚，用生菜包起來，跟生蒜生薑一起吃下去，配大醬湯。

7 月

31

去馬祖出差工作時，品嚐了當地人家裡釀的老酒。

老酒是糯米，以紅麴米釀成，新鮮的老酒口感帶酸，有醬香氣。有些人的手，特別擅長釀酒，做出來都很好喝，而酒如果釀出來不好喝，居然是可以加到下一次釀的酒裡發酵一會兒，做成「二次釀」。

跟外派馬祖的友人學到，如果酒喝不完，取其酸，套便利商店賣的紅茶，配起來酸酸甜甜的，有檸檬紅茶那樣的錯覺。

8 月

01

小琉球日曬的麵線先燙過，另起一鍋水，煮蘿菜、蒜粒、小魚、麵線成湯，麵不需太多，湯才能顯清淡，放涼喝也熨貼。

這道家庭料理沒什麼問題，我的問題向來在使用的小魚，怕吃魚苗，對海洋趕盡殺絕。常見的小魚吻仔魚的來源多爲鯷科的幼魚，不過魚販大哥強調他這回賣的是鱙仔、白丁香，可不是吻仔魚，我才卸下心防帶回家。原來鱙仔跟是長大到超過四公分，身邊開始出現銀線的小魚。相對沒那麼幼，偶爾吃吃可以的吧。

8 月

02

不知道其他地方是不是這個樣子，但在彰化肉丸地帶、常常選單內的湯品都有這款豆腐湯。大道至簡、差不多是我對這湯的心得——一碗至多二十元，賣十五元的也有，裡面約莫三塊切成方塊的傳統板豆腐。形狀完整，一點胡椒，或許香菜，就是要湯清似水。拿來搭配炸肉丸的米漿醬汁和炸皮成一套，有小吃神髓。有人會把湯加到肉丸碗底醬汁喝掉，無妨，反正我是很喜歡這款素樸豆腐湯的。

8 月

03

蘋果發酵的蘋果酒（cider）像是葡萄酒來自農村的土味表哥，口味酸甜親切，愉快泡泡，價格合宜，喝多荷包不疼。帶有酸度，搭餐也很合適。

8 月

04

市售的泡菜除了直接吃，拿來跟其他蔬菜拌成不同的淺漬蔬菜小菜。品嚐到發酵恰到好處的泡菜，之解膩爽口，哎眞是夏天的良伴。韓式紅通通的泡菜、水泡菜、台式泡菜、泡辣椒都非常消暑，而且幫助消化，順暢胃口。

比如花蓮美崙的雞湯小卷麵線，迷人之處可能不在雞湯，也不在鮮小卷。在大陸媳婦自製的一大缸一大缸水果泡菜與泡辣椒，太好吃了。

8 月

05

離職聚餐，大學讀書畫系的同事，悶不吭聲拿出一顆他刻的印章。白紙攤開，左頁印宇宙，右頁印寶寶，中間是我的名字。小小小的字體，像原始人刻在洞窟石壁上計算牲口的刻痕。內心覺得很感動。

名字是一個咒語，做成印章，就成了可以戳記的符籙。謝謝你！

8 月

06

一整天空氣都很煩躁，刮怪風，樹枝搖晃，落葉在空中旋轉，到了夜晚終於下起雨來。

雨水撫摸了騷動，在滴滴答答聲中，安心入睡。

8 月

07

時間到了立秋，光線整個都溫柔了起來。

光線輕輕地敷在物體表面上。

8 月

08

杏仁豆腐是淸白二字的代言人。不管是單吃、放在淸澈糖水、雪白的杏仁茶湯裡，白色柔嫩是最大的指標，潤而芬芳帶有杏仁粉香氣爲佳。台菜欣葉餐廳用客家花生豆腐方式做，口感軟Q，十分特別。中式南北杏的氣味，屬於中餐基因的一部分，要留點胃口給它當收尾。

8 月

09

夏天盛產香蕉，台灣的香蕉之美，百年前就遠播海外。

一九三九年日治時期拍攝的《南進台灣》，以地理環島路線展示台灣豐饒的南國物產風情。其中台中州的香蕉，就被特別提及。香蕉營養扎實，優良醣分，爬小山時背包宜放一根。完熟的香蕉跟鮮奶油及糖打勻，冷凍，就成了自製冰淇淋。搭配酥餅特別有趣味。

8 月

10

綠色的苦瓜跟白色的苦瓜，完全是不一樣的。

像身材個性完全不像的一家人。綠苦瓜爽脆，跟鹹蛋、罐頭肉、豬肉炒，一派南國夏日明朗。白苦瓜刨得冰薄當然也是不錯，煨煮軟燉更是它的專長。苦味是需要學習的，而吃瓜是民眾本能。

8 月

11

我愛蝦，蝦是優良蛋白質，彷彿沒有吃膩的一天。胖蝦肉感十足，蝦頭風味濃郁，只要新鮮就好吃。東海岸白蝦爲海水養殖，口感緊實，西海岸白蝦住在魚塭，業主通常兼養虱目魚。

原料是小黃瓜、蝦、香菜，醬汁是辣椒、檸檬片、魚露，燙蝦用鹽水燙爲佳。酸酸辣辣的泰式涼拌蝦。

8 月

12

不知道怎麼形容桃子的好，只能說，桃子，基本上都是好的。

毛茸茸的，像早晨陽光敷過手臂看到的那層寒毛，並且她必然是香的，汁水淋漓的。

有很多種煮桃子的方法，都有點讓人心疼，完熟時艷瀲生吃最好。或產季驅車前往桃園復興區，可以用銅板價格喝到農人用冰凍的熟桃打成的冰沙。

8 月

13

一間開在麗水街的古董店，有時開，有時不開，地圖上找不到名字。

她是有最人味的老闆，坐下來，泡茶，吃瓜子，剝桂圓殼，吐露家鄉與工作，喜歡什麼東西。才決定要不要做你的生意。

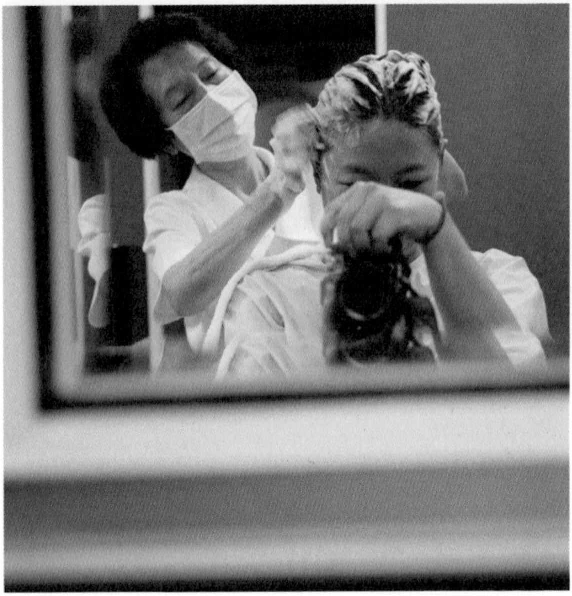

8 月

14

女朋友很忙，我也挺忙的，於是約了時間，一起洗頭。

躺成兩條人，美髮師在頭上按摩、製造泡沫、操控水流，一邊聊天，話語不時因爲舒適手勁中斷。吹頭髮時，我們從彼此面前的鏡子，看到對方的表情，兩雙微笑的眼睛。是洗乾淨的臉龐呀。

8 月

15

想吃就能吃到的食物，是最珍貴的。想見就能見到的人，是幸福。所以我喜歡好吃且能一直吃到的食物，比如市場裡台式日本料理店賣的生魚片。料多味美，配一碗魚骨頭煮的味噌湯，或許再來一個蘆筍手捲。

8 月

16

小學經歷過要檢查手帕的年代，但沒有實際在日常生活使用。稍大去日本玩，覺得手拭巾（手拭い）版畫般的圖樣眞是太美麗了，心動，買了卻沒有好好使用這樣的紀念品的時機。最後確認材質上輕薄容易吸水的，能夠安心在廚房使用的廚巾，是最實用的。

捨得去使用這些美麗的織品，可能也是需要學習的心態。

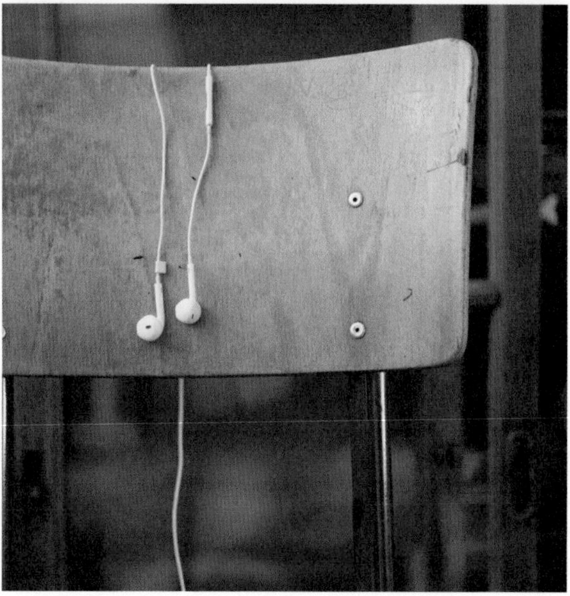

8 月

17

買過三副藍牙耳機，命運多舛。第一副消失於喝酒後，徒留充電莢。第二副，右耳在爬山過程中掉落山谷。第三副，左耳掉落於信義區搬不起來的水溝蓋孔。

於是我拿著原本分屬於不同對藍芽耳機的左耳跟右耳，到對街的蘋果 Apple 旗艦店，請店員看看能怎麼做，「可以湊成一對來使用嗎？」軟體更新後，這個姻緣就成了，在它們同時對我說著話的情況下，我走出商店。但之後我就回到線狀耳機的懷抱了。雖然會打結，但誰也分不開。

8 月

18

銀耳其實是沒有膠原蛋白的，但銀耳有滿滿的水解膳食纖維。

有一次英文考試前的早上，喝太多銀耳露當早餐，考試必須提早交卷去跑廁所的遺恨跟尷尬。我希望喝完大量銀耳上廁所，是預期的效果，而非行程的意外。

總之，銀耳在家自己煮，使用鑄鐵鍋或電鍋來做，非常容易。乾銀耳泡水三小時，捏碎，紅棗枸杞推薦去中藥行買，滋味足。枸杞熄火前加才不會煮破。

彰化老家的柴燒桂圓，煙燻讓糖水帶了木質調香氣。

8 月

19

瓠瓜長得有種可愛。

中文雖然常常說到「葫蘆」，但事實上台灣的菜市場根本沒見過葫蘆。長得最接近葫蘆的玩意兒，就是夏天的瓠瓜。有時候它看起來也挺像柚子，也像矮冬瓜。總之每年總有那麼一次，要麼我手癢，要麼朋友贈與，煮瓠瓜的一日。

我通常切細了，拿來煮清淡有味的台式鹹粥。放涼了也好喝。

8 月

20

雨季發生了傷腦筋的事，一夜雨後，機車上出現了蝸牛的空殼，而殼的主人消失了。

喂，請不要做這麼不負責任的事，把安全帽放在別人的車上好嗎？

8 月

21

生命感到一個臨界點：有人決定結婚了，有人決定離職創業了，有人房子買下去了，有人開始爬山了。渴望發揮生命的可能性，嘗試自己導航，寫下「極致」與「想要的生活」的劇本。

「如果現在不做，我覺得我以後沒有勇氣做了。」你這樣說。

一同觀看波光粼粼的香山濕地日落，風景是免費的，友情是無價的。

8 月

22

台味麵包的至愛是肉鬆麵包。忙碌到內心在尖叫，終於可以停下來喘口氣的時候，坐下來吃一塊肉鬆麵包，整個人都鬆軟了起來。

甜甜的肉鬆，以甜甜的台式美乃滋黏在甜甜的鬆軟麵包上。非常台，非常安慰！

8 月

23

果實裡的種籽是被需要的，是要打開的，這是百香果汁教我的事。

果肉通常是一個誘因，讓貪嘴的動物吃下肚後，捨棄在地的種籽得以發芽傳播。品種培育，讓果肉日益肥厚甜美，種籽失去功能。但百香果的黑色種籽，裡頭有豐富的多酚成分，拿來打碎做果汁，夏天的濃豔鮮黃，有果籽加成，更香甜了。

8 月

24

爬完山，回程在田埂看到滿開的粉紫花朵。

她們是葦草蘭，葉子像葦草，一百年前在北台灣是農田常見的野花，日本人在士林和竹子湖記錄到她們的蹤跡。現在是野外的極度瀕危物種，在林務單位以及生物多樣性研究所的協助下，才能在野外從現芳蹤。

不期而遇，山谷間兀自開放的花朵，傍晚的陽光溫柔地照在她們身上，植株隨風輕輕搖晃。靜靜地欣賞，深怕驚動。

8 月

25

從事環境保育與生態調查的朋友，有種特別的氣質，寧靜，善良，身體柔韌且習慣勞動，在野外舒展軀幹四肢不顯擺拍。他們通常也擅於等待，檢查害羞敏感的生靈，是否出現在視野之中。這是從事水梯田保育的曉薇，水梯田的命脈是水源，所以她不時要入山巡水路。她知道山脈滲出泉水的岩縫，她也會蹲在水路裡，用手去除落下的樹葉。

8 月

26

甘露梨冰透了，口感脆，又潤又涼。

碗是仿耀州窯的刻花青磁，碗口微翻開，是家裡撈來的老件，白梨肉放裡頭合適。墊圈是台灣南部的長枝竹編的，是林業教育推廣活動上購買的。

8 月

27

雲龍柳常見是乾燥上色成紅色黑色金色的枯枝，新鮮綠色的花材更好，不俗，且價廉。

細而彎曲的柳條在空中繞彎，單獨插瓶就有畫面。

這些枝條充滿生命力，放著不管幾天後，就發根了。

8 月

28

台灣外配與移工人數早已超越原住民人口，是台灣生活的一部分，必須試試看他們帶來的口味。越南法國麵包三明治（Bánh Mì）烤得微酥的法國麵包，夾上冰涼泡菜、香菜、生菜、越式肉凍火腿、烤肉，咬下口感對比新鮮，吃來方便。已經默默受歡迎一段時間了。

8 月

29

剛上台北的時候，住在古亭，等公車時，覺得有間中藥店氣質不凡。

「我覺得這家中藥行，有貓膩。」

「爲什麼？」

「整家店一臉準備好被看的樣子。」

朋友歪頭想了一下，回我，「他們家藥有效。」

後來才知道上面是台北傳奇酒吧場所「攤」的舊址，容納了一九八〇年代狂飆的攝影家和藝術家們，樓上創造時代，樓下配藥養身。後來中藥店也搬走了。

8 月

30

這世上最美好的品質是時間。在台北盆地山裡的石碇，產茶，有礦坑，小溪邊有番鴨。老街上百年石頭屋裡，喝女主人親自燻製的桂花茶。悠悠泡茶手勢，凝結時光，芳馨雋永。

8 月

31

高雄147品種的白米，帶有芋頭香氣，是台灣第一個育成的香米。東南亞料理使用的香蘭葉，也是近似芋頭的香氣，拿來做海南島移民在新馬賣出名號的海南雞飯，特別合適。炒生米，炒蒜末，用雞湯煮熟米飯，最好是煮雞所剩高湯。掀鍋白飯噴香，白斬雞肉早已悶熟，配上去點皮的小黃瓜片。在家做海南雞飯。

9 月

01

有時候我會想，鹽巴是不是一大包賣，看起來就比較賤的樣子？但花大錢買小瓶的鹽巴，可能就不是鹽巴賤了，是消費者手賤。

但確實，不同場所提煉、挖掘出來的鹽巴，有不同的風味。岩鹽以及未純化的海鹽——藻鹽、結晶粒狀片狀鹽以及粗鹽，在家庭料理上發揮很大用處。粗鹽除了拿來煮義大利麵，需要除穢時，倒入酒精燒一燒，能淨化空間。

9 月

02

葡萄酒跟紹興酒是完全不同原料做出來的東西，一個用葡萄水果，一個用米麥發酵，這樣不同的東西，卻在一款名爲「黃酒」（Vin Jaune）的葡萄酒產生交集。

侏羅（Jura）產區的葡萄酒，顏色偏黃，熟成後帶有類似紹興的麴醬香，是少見的酒款。有一道法國傳統菜，是紅酒燉雞，拿紅酒燉煮雞肉和蘑菇。以此爲靈感，可以換成黃酒來燒。黃葡萄酒不便宜，我使用價格只要二十分之一的台酒紹興酒來做，效果一樣好。

9 月

03

馬祖四維村池先生的興趣是工作，退休後包下淡菜養殖，同時斜槓汽車駕照教練，身體力行，退而不休，勞動同時充實生命。

看他在沙灘上，一步一步把採淡菜小船拉到岸邊，示範陸上行舟，沒什麼不可能的啦。

9 月

04

柿子跟柿餅上市的時候，確實就是秋天來的時候啦。

喜歡新鮮當年的柿餅，含水量高，乾燥的外表下，果肉尚軟滑，顏色金棕。單吃很好吃，加工一下，在裡面鑲上堅果跟奶油乳酪，也很好吃。

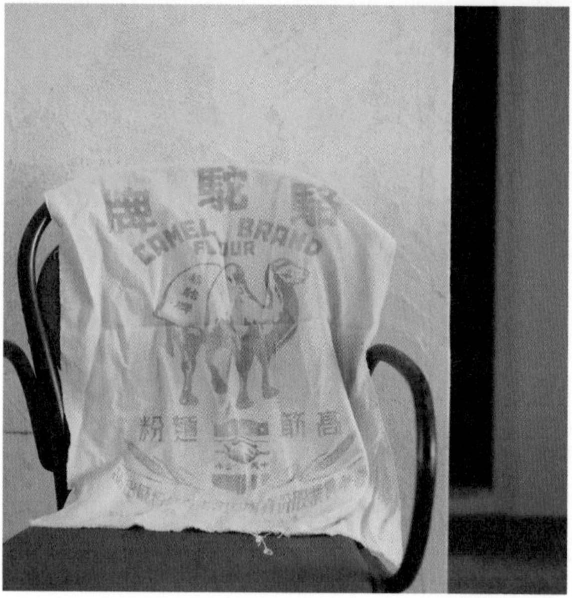

9 月

05

從老傢俱抽屜，竟然找到將近六十年前的美援公教麵粉袋。原來麵粉袋摸起來是細膩的美國棉呢，難怪當年會被台灣人民拿來做成內褲內衣穿。

9 月

06

早晨吃到老派的火腿令人精神一振。

所謂「台派洋食」，融合日治時期以及美軍駐台的往日回味，是二十世紀舶來食品在地化體現，乃我心中絕妙聖品。歷史超過一甲子的食品行，比如新竹美乃斯、台中美珍香、花蓮郭火腿，自製火腿里肌肉多汁Q彈，煙燻味醇厚。直接吃好吃，切丁做火腿蛋炒飯，非其他名爲火腿之物可比擬。

9 月

07

看不大懂韓國菜，但確定是充滿生命力的庶民料理。

小時候看韓劇看到燃起求生戰鬥意志的女性，大口扒石鍋飯（bibimbap）的樣子，我簡直嚇壞了。所以身體沒精神（siān siān）的時候，我會煮黃豆芽海帶豆腐味噌湯，不但容易做，這種醒酒食材組合，對於振作起來是有療效的吧！

9 月

08

年紀大吃會有罪惡感，但如果要配冰透的啤酒，我覺得全世界最適合的炸物就是鹹酥雞。

鹹酥雞是醃過的雞塊拿去炸，一點點醬香，一點點五香香料，雞皮、米腸、四季豆……如果老闆加上大量的蒜頭和炸得酥脆的九層塔，那就太盡興了呀。

9 月

09

小時候家裡不讓我打耳洞，也不讓我戴隱形眼鏡。所以長大我默默去做了眼睛雷射手術，夏天能帥氣選用墨鏡。我的體質是比較不容易打洞的類型，（弟弟說，人比較倔的那種類型），但耳洞終於也在一個寒冷的冬天養好了。耳環的用處，絕對不是一個星點停在耳垂而已。大耳環垂墜耳環，有協調臉部視覺焦點的巧妙，整個人氣質會爲之改變。

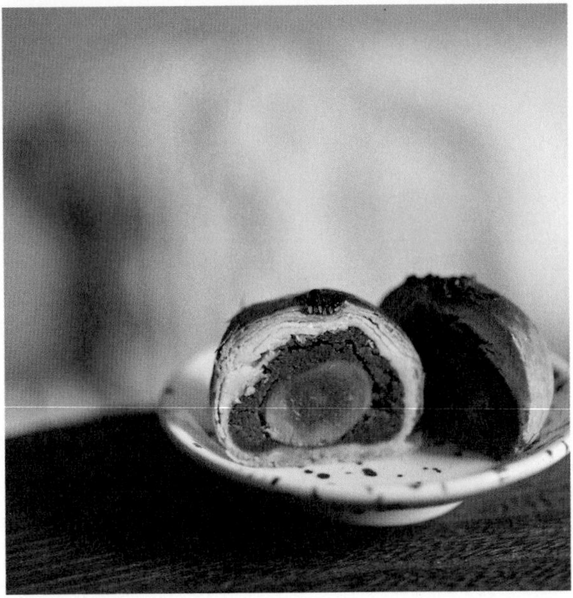

9 月

10

每個月都有月圓，但中秋節的名堂特別多。

烤肉啊，月餅啊，基本上都是吃的。作爲需要控制血糖的餐飲相關從業者，面對眾月餅，時到中秋，我可是如臨大敵。但我的家人朋友們可能有點開心，可以跟我一起試餅。

分享卡路里的快樂，是很中秋的。

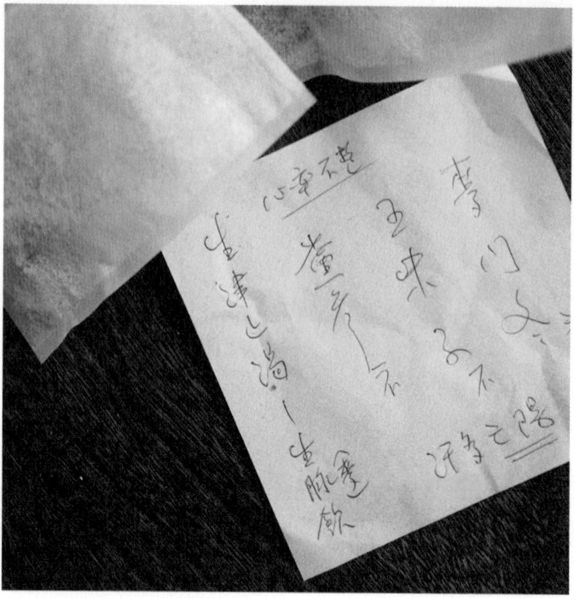

9 月

11

夏日午後走進去中藥行的時候，老闆躺在櫃檯後的長椅閉目養神。我要抓生脈飲，要買紅棗與枸杞。有些東西在中藥行裡，特別能抵擋時間——不是陳年藥材，是像白磁藥瓶，一牆櫃子抽屜，銅秤，粗壯的木頭算盤這類。

中醫有個說法，「汗多亡陽」，夏天天氣熱，流很多汗，對心臟不好。生脈飲裡有一味五味子，味道酸，能生津斂汗，另一味人參補氣。

9 月

12

學弟來訪，走時遺我一整杯的膠原蛋白凍，「很補喔」，以及生日小蛋糕一盒。

覺得暖心之餘，有種被細微的光陰小刺扎到的感覺——原來阿姨的心是玻璃渣做的，善於針對。

（開玩笑的。把膠原蛋白果凍擠上檸檬汁，吃起來像吃愛玉一樣。）

9 月

13

還在學校讀書時，那時的男朋友在麵攤不解問，妳爲什麼要點乾麵跟湯？不點湯麵就好？好浪費。

我內心想，乾麵的結構跟湯麵是不一樣的，就算把麵從湯麵裡撈出來，也不會變成一碗全新的乾麵跟一碗湯呀。這個道理，希望大家都可以試著理解。

9 月

14

出差曬足了太陽，回到家不急著做什麼，先坐著歇口氣，冷卻身體，再去洗澡，仔細清潔，磨砂，護膚，潤絲，吹整乾潔，最後敷臉。像多毛小動物那樣梳理自己。奔波勞頓的收心操到此才一段落。

身體磨砂膏是日常消耗品，用起來不心疼、味道不突出的，才是最實用的。

9 月

15

台南有魚麵，馬祖也有魚麵；混入魚肉做成的麵條，自然鮮美好吃。不過因爲海域差別，台南用的是狗母魚，馬祖過去用鮸魚和馬加魚做魚麵，現在這兩種魚不便宜，比較常用海鰻來做。

乾燥的馬祖魚麵有點透光，像灰綠色的意麵。

做魚麵的時間是冬天，新鮮做好的魚麵炸來吃，在寒冬中像金條一樣閃亮。

9 月

16

台北小吃美味，留下深刻印象的，都跟泡開的乾香菇有關係。第一家是迪化街的台南通伯香菇湯，香氣之濃郁、配上筍片與醬瓜湯汁調出的淺咖啡色。第二家是華西街的香菇滷肉飯。祕訣都在於用上高級的好香菇與菇腳，在家未必會用到此等級，因此感受到濃郁的心意。

9 月

17

今年的月餅我獨排眾議，就決定是咖哩肉餅了。

到底是誰想出如此絕妙的口味？香濃的咖哩香氣餅餡，配上肉燥，飄著似有若無南洋風情。基隆老店的咖哩餅是經典，小尺寸正宜個人主義食用。最近在士林老街麵包店買的，也非常不錯。

9 月

18

台灣外配女性在小生意經營上，可說是經營出一片天。比如越南小吃店，或美容美甲店，在菜市場裡幾乎都是外配天下，且價格實惠。夏天常穿涼鞋，腳皮隨著步數粗礪，找個美容店，坐下來讓人服務腳底，比自己在家瞎搞輕鬆。

身下磨皮同時，手上可開工用手機處理信件。如此上下開工，可以得到職業婦女忙裡美麗、工作兩不誤的成就感。非常推薦。

9 月

19

美是需要重新認識的。
比如雞冠花，比如圓仔花，這在我幼年居住的農村，是極俗氣，尋常且賤，村子牆外長了日日可以摘來供奉在宗祠堂，不需花費購買之事物。顏色濃烈，桃紅、豔紅、銘黃，跟高雅對反。
如今它們依然價格可親，但整理後放在日本酒的玻璃小酒瓶裡，竟然有另一種風情。

9 月

20

《重慶森林》裡，傻美稚氣的金城武吃要過期的鳳梨罐頭紀念消失的愛情。而我的療癒食物是桃子罐頭，一次可以吃半顆黃桃，感覺很過癮吧。

亞熱帶桃子比較難得，吃糖煮桃子更有幸福感。唯一的困擾是通常巨大的桃子罐頭一顆至少半公斤，要吃好幾天，不過後來發現百貨公司地下室的超市有販售小尺寸的桃子罐頭。

9 月

21

地震已經是很多年前的事情了，那時候台中停課停了一個禮拜，或更久。

那天晚上劇烈地震，但是爸爸叫我們繼續睡覺，因爲明天還要上班上課。外頭鄰居都很擔心我們家出事了，怎麼沒出門。此回憶顯露出我爸性格中迂的那部分。

隨後餘震不斷的日子裡，巷口早餐店吃早餐時，餘震起，人們會靜默聆聽一會兒，震波轉強，店主放下鍋鏟，客人放下竹筷，不太慌忙地移到戶外等待平息。此乃常民吃早餐的韌性。

9 月

22

十八歲買的第一只香水，是在機場買的 Anna Sui 娃娃頭。

很多年過去，早就排除了柔軟甜蜜的花香調香水，以香料和中性味道的香水爲主，覺得能駕馭男性香的女性非常迷人。

Aesop 禮紙盒上寫著，“all our knowledge begins with the senses”用哲學家康德的話來賣香水，這樣文藝青年怎麼招架得了。

9 月

23

拔智齒有幾天不能吃得大力咀嚼的熱食，在美國的伯父說，美國人拔完牙可沒這種醫囑，「他們美國人比較粗勇啦」，孩子拔完牙，醫生還問他們要不要去吃新開的河粉？是這樣嗎？雖然吃流質的食物爲佳，卻不可用吸管，會妨礙傷口癒合。

如果秋天拔牙，完熟的柔軟紅柿，加上香草冰淇淋，冰鎮撫慰。

9 月

24

日式燒鳥跟夜市串燒，誠爲我所愛。

日本小料理師傅阿鑫告訴我，他最看重雞頸肉（せせり）這個部位。

燒鳥裡這個部位，師傅會用高明的刀法，把雞脖子帶著肉，切成有點像是梯子的形狀，再用竹籤串起來。純手藝活兒呀。雞皮碳燒烤後，散發油脂焦香，還有一點多運動部位的彈性脖子肌肉，眞的是很能表明燒鳥技術的肉部位。

夜市串燒吃的就是醬烤焦的香氣囉，常常會太甜，但夜市有踅（sèh）街的樂趣，無法取代。

9 月

25

鍋墊是居家必需品，如果只是爲了隔熱，說白了一本書、一塊抹布也都可以拿來墊。

但居家物品的挑選的樂趣，前提是知道卽便是一塊鍋墊，都有可能一起生活很久，不會輕易壞掉或捨棄。我常用的鍋墊，分別是台灣長枝竹編織的鍋墊、日本稻草麻繩編織成的「鍋屋敷」、以及竹子編成的鍋圈。鍋圈很適合拿來放圓底的炒鍋。不用的時候，掛在牆上也好看。

9 月

26

早起就開始做事，無暇下山吃早餐。

最近喜歡不太均勻的炒蛋，鍋中蛋白跟蛋黃還能分辨對話，滴幾滴醬油，熱力起焦醬香。起鍋後放上大把香菜。花生醬融在烤好的雜糧麵包上。

9 月

27

我蠻喜歡水餃的，至少是有個親切感，爸媽家裡冰箱冷凍常有水餃，爸媽忙就自己下餃子。講起餃子，台中第五市場有期間限定的茴香餃子是老外省味，台北東三水市場有香菜餃子，嫁來台灣的婦人兼賣辣油，極夠味。

好吃的水餃皮Q不模糊，堅挺，餡料鮮美，我常在離峰時段拜訪濟南路巧之味水餃，綠色的干貝水餃皮有綠藻味，鮮得巧妙。南機場的水餃實在說不上好吃，但在此老舊集合住宅聚落吃餃子，算得上台北經驗。

9 月

28

韓國的料理有種力道，乍看沒有很複雜的技巧，但是是很實在火烤、久燉煮，做出吃了就能活下去的料理。大概也是這種原因，韓劇裡常常用吃東西的戲來表達女角色不被打倒的生命力，就各種意義而言，真是令人肅然起敬。

9 月

29

漢餅出現在生命儀禮中的大日子：結婚、大壽、滿月，跟西式烘焙最大的分別，在於擁有鹹甜融合的滋味。豐原雪花齋綠豆椪是豆餡加滷肉，阿公最喜歡的竹塹餅口味是冬瓜糖、肥肉、芝麻、香蔥、麥芽。台中寶泉受和菓子工藝影響，細緻鬆甜的奶香平豆沙內餡，是高級的小月餅。

9 月

30

熟食店（Delicatessen）的字源是德文，基本上這個字用英文或德文，讀起來是一樣的。

德式熟食店有一些比較精緻的，煮好的食物，可以秤重帶回家，也可以現場加熱擺盤後輕鬆吃。

講到這個字，我腦海會浮現西柏林人會去購買燻魚和香腸泡菜的一些老店；青田街也有這樣一間熟食店 Take Five，經營的婦人們端正而姿態舒適，食材品質佳。最棒的可能還是居然在小院子裡，有露天樹下的座位。

10 月

01

彰化是被低估的美食小吃之城，彰化小吃有自己的規格。

彰化人叫切仔麵叫拉仔麵，或有升級版的蛤仔麵，配料有蛤仔、骨仔肉、蚵仔、豬肝、蝦仁、魷魚可選。濃郁的鮮甜大骨湯頭是靈魂，我感覺蛤仔麵的企圖心在當一碗鮮味之王，加上單點的炸雞捲，淋在燙青菜上的油蔥，彰化人的靈魂可以在此安息。

拉仔麵是我的湯麵味覺地平線，從此以後，其他小吃麵都是被比較出來的結論。

10 月

02

台灣人過年分成兩大年菜氏族，分別擁有不同的蔬菜圖騰認同。刈菜的家族吃胖大的芥菜，菠薐菜的家族吃連根帶葉不切斷的燙菠菜，兩者都綿延，都當令。芥菜吃的花樣又比菠菜多一點，可以曬乾發酵成福菜，可以做成酸菜，煮到入味。菠菜，怎麼看都還是得翠綠的時候吃。

10 月

03

欒樹開花，金黃色在樹頂。欒樹挺高，輕鬆可長到十公尺以上。金黃色襯在高高的藍天，差不多是秋天的意味。到了年底，欒樹長出紅褐色的氣囊朔果，掛在遙遠的枝頭，像另一種花色。

落花金黃撒在黑色柏油地面上，不急著掃也很好看。但落葉落花者，積多不處理，行車走路惹滑。車子停在樹下想像起來是蠻浪漫的，落英繽紛於車頂，如果你對季節有點甘願，清潔車子實會比較愉快。

10 月

04

台灣本地產的蘋果不會上蠟，洗乾淨可以放心連皮大口吃。

金冠蘋果是美國品種黃元帥（Gold Delicious）在台灣種植的暱稱，初秋的大禹嶺金冠，拔得上市頭籌。脆是脆，這會有點酸喔，水果店老闆特別說明，「我就是喜歡吃酸的呀」，不覺得台灣水果太會種太甜蜜了嗎？「這種需求從來沒有聽說過。」被老闆吐槽了。

帶酸的蘋果多高明，生津果。

10 月

05

西洋接骨木是在藥草茶常見的名字，是長得很快的灌木，天氣好的時候，白色的花傘開的特別好，除了藥用，還是良好的蜜源植物，招蜂引蝶，人們種在村莊入口，吸引善靈。台灣有類似的植物有骨消。

停車場走到家的小道邊上就種了一棵，偶爾會剪花回家插。

10 月

06

停業的日式餐廳麻布茶坊，有一道甜點，是烤地瓜上面擠上冰淇淋，冷熱交錯，地瓜軟綿。

在家，用便利商店的烤地瓜、老街上賣的蜜地瓜、挖一球香草冰淇淋放在一起，撒上肉桂味道的燕麥餅乾碎。跟地瓜高溫烘烤熬煮後的焦糖香很般配。

10 月

07

以前大學時生病休學過，那時來自恆春的老師說，你是不是少吃昆布海帶呀？「我家那邊的人，很少生這個病，不知道是不是跟常吃海帶有關係。」完全是沒有醫學邏輯的閒聊喔！但是是長輩關心無誤。

週末的早上，在濱江市場遇到大塊的昆布。這類海帶屬於褐藻科，曬乾或新鮮，都充滿海洋的鮮味。我喜歡拿來煮湯，加薑絲，加排骨。問老闆他賣的海帶產地在哪裡？

「傷心太平洋」，他說。

10 月

08

唯有池上才有這麼大氣的山脈和一望無際的金黃稻浪。

電線桿地下化保全景觀，是多麼有遠見的決定。

住在這裡的人，對於豐收，理解是很視覺的。

收割季節的稻鄉，機械們很忙碌，割稻機奔走在田間道路上，一畝田完還有下一畝。捱過半年成長，成熟之後，下雨之前，收穫有期。

10 月

09

秋天到了，吃空運來沒有冷凍的日本秋刀魚與小肌生魚片，切成精緻小塊的銀魚皮閃閃發光，搭配小蔥粒和薑蓉，醋醬油。

我幾乎可以想像海中魚群的畫面，一把把秋刀，像鋥亮發光的刀片一樣，游在海浪的縫隙裡，水面折射而來的陽光給魚兒開鋒。

胃口，就這麼被細細的日式筷尖挑撥開了。

10 月

10

繼光餅有那麼一點貝果的意味，吃起來當然還是不一樣——繼光餅的麵團有油份，貝果不但沒油，還燙煮過麵糰才烤，以血統組成來說是完全不一樣的東西。不過兩者中間都有洞，都可以當行動糧，可以夾東西吃的作法是很雷同的。

馬祖人把繼光餅夾上蚵仔蛋，猶太人的貝果抹上蒔蘿酸乳酪夾鮭魚，都很好吃，是讓人想相提並論的原因吧。

10 月

11

現在洗澡都用香皂，減少塑膠使用的感覺挺不錯。

比如平實的橄欖油香皂，也或者美琪藥皂——弟弟的氣功老師說，出入氣場雜亂的場所，回家後洗藥皂有淨化之效。我寧可信其有。逛清酒展的時候，買了愛媛縣的柑橘酒粕肥皂。更別說還有加入藥草精油的手工皂呢。

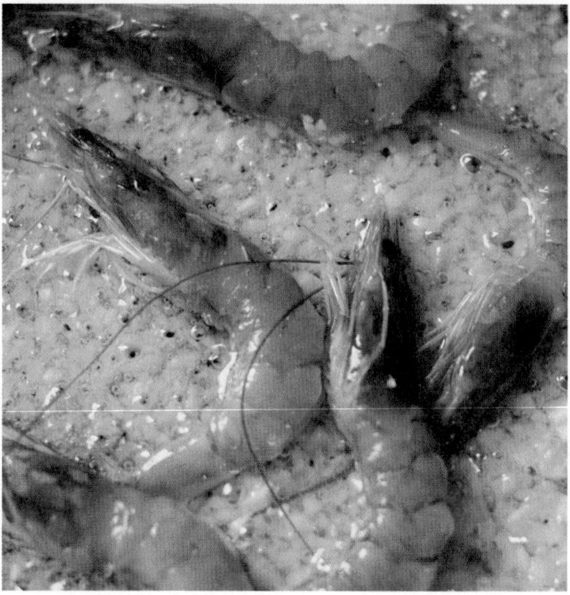

10 月

12

橄欖油蒜蝦是一道西班牙小菜，誰都能做，如果有優質的初榨橄欖油，請務必這麼試試看。附帶一提，市面上優質且價格合宜的商品來說，我最推薦西班牙產的橄欖油。

蝦頭要留著，跟蒜丁小火煸出來的橄欖油太鮮了，必須要用麵包把盤中油擦乾淨。

10 月

13

日式蔬菜料理有「高湯漬」（お浸し）這個做法，把煮熟的蔬菜放到日式高湯裡入味。如此一來，無油雅緻。

把茄子壓到水面燙熟，保持紫色，同燙好的秋葵，放到柴魚昆布高湯裡。稍微的變化是，我在高湯裡調了吉利丁，這樣放冰箱後取出，有入口即化的凝凍效果。

作法：

高湯：昆布泡水後煮，大滾前取出，加入柴魚煮一下熄火取出。或用市售日式高湯包。

調味：日式醬油、味霖（或糖）、椪醋。

高湯凍比例：300 毫升的高湯，配上8克的吉利丁。

10 月

14

菜市場老練攤販有時候會欺生，這個我將之歸於市場的叢林考驗；盤子當多了，會知道誰不老實。當攤販笑嘻嘻看著買滿袋的我說，「妹妹，下次再來！」的時候，我就知道輸了。

這個石首魚就是一次敗戰的成果，「這是小黃魚！妳全部帶走吧！」是同一科的魚沒錯，但價格差很多。小魚煮湯，鍋內跟蒜頭，油煎到表面金黃噴香，沖入熱水轉小火熬，油脂微粒乳化，可得白湯。如果湯不夠白，那可能是煎油不夠多。

10 月

15

菜市場遇到煎紅薯餅，很有巧思地混上黃色地瓜，對比色讓秋天明亮了起來。紅薯餅是小時候爺爺常常做的點心，他還會在紫色薯泥裡混上龍眼乾，這兩者都是自家田畝的農作。

10 月

16

煮豆子做豆餡的時候，本地紅豆濃郁的豆香，非同小可。光這點就值得鼓吹大家自己做做看，用電鍋做很省事的，還會得到一鍋消水腫的紅豆水，一舉兩得。

壓成豆餡，刻意保留一些顆粒，上面淋上加鹼與玉米粉打發的蛋白霜，蒸好就是日式的吹雪紅豆。

媽媽吃了很感動，她說外公以前最喜歡吃這個，都在員林鎮上一間叫森屋的菓子店買。外公或是森屋，都是我沒有機會知道的事。

10 月

17

對咖啡講究的人，都會自己磨豆子，說豆子磨了就死了，越快沖煮來喝越好。

然而我身邊講究的人太多了，連怎麼磨咖啡豆，都是技術與金錢的深坑，加上自己多用摩卡壺煮來喝，咖啡風味沒有手沖那麼清淡細緻，因此很長一段時間賴皮不理會磨豆的技術問題，請賣咖啡豆的老闆幫我磨就好。搬來士林後，常在很有歷史的黑豆坊咖啡做事，老闆娘推薦我用這款台灣製的手搖磨豆入門。

10 月

18

菜市場偶爾會看到芋梗（ōo-huâinn），是農家種芋頭的副產品，阿嬤蔬菜系列。怎麼燒才好呢？

北投大地奇岩酒店吃北投私房菜，主廚用豆醬燒芋梗，帶著醬香的黃豆加小魚乾燒的芋梗，既有葉梗帶點空心海綿口感，也吃得到小芋頭的軟糯，原來如此。

買菜的時候，菜攤阿姨好奇問，妳可知道怎麼料理？說明如上，得到阿姨激賞，「懂喔。」

突然明白，這就是所謂的鄉土料理，在地食材加上共同記憶。

10 月

19

做裝潢的時候，設計師帶我拜訪一家志在用泥土開發牆壁塗料的廠商。

聊天時，我成功運用西洋美術史的知識，讓廠商願意小量幫我客訂塗料。馬上轉頭訊息恭請父親幫我挖老家土，要拿來塗牆的。父親不愧是讀藝術的，沉默一會兒後，說他知道怎麼辦了，「我會取果園的土，水圳的土，八卦山脈的土壤」，他說，我要給妳，最純的思念。

有點太肉麻了，但作品概念很完整，顏色很漂亮。謝謝您。

10 月

20

睡覺是關乎生理和心理健康的，先睡飽，事情都好談。

亞麻的透氣、垂墜、觸感，讓酣睡到天明的航程絲滑入裡；也或者皮膚是最大的感官，必須被妥善觸摸，不然爲什麼初生嬰兒，總要用棉布仔細包裹呢？所以觸覺也是跟安全感有關。

人類是感官的動物，需要睡眠的動物。床是需要認眞的事。

10 月

21

十一月前，秋風起，白芒花開始染遍山頭的時候，就是爬草嶺古道的時候了。

第一次爬的時候，身體狀況很不好，停停走走，花了不少時間。但相當感謝身體的合作達成任務。

後來強壯了，即便遇到冬日的風雨，也能寫意走完，走過山林裡寫著雄鎮蠻煙與虎的字碑，山頭綻放的白芒花叢讓人眼睛一亮。

終點大里天公廟食堂，有在地海岸食材小食，多煎炸與羹湯，在冬日運動完吃能補充熱量，比如鹽水四破魚與炸海苔。

10 月

22

章魚腳捲起來的弧度，儼然就是黃金比例的螺旋線條。

我認爲發明這個黃金比例的義大利數學家費步那希（Fibonacci），是公元十二世紀在比薩海邊吃海鮮的時候，產生的領悟。

10 月

23

出國讀書前，去義大利家庭旅行。我買了這台啞光的橙色烤漆的壓麵機，轉動把手的時候，簡直像在廚房裡開超跑一樣快樂。把麵粉跟雞蛋揉到三光「手光、盆光、麵光」不粘手，再送入壓麵機擀麵。祕訣是水要一點一點加，要有耐心讓麵團成型，同一球麵糰不妨多壓幾次，才有乾爽好麵。

10 月

24

鹹湯圓有兩種，一種是紅白小糰子，韭菜紅蔥頭香菇絞肉爆香後加入煮，客家味；另一種是包餡的。我獨愛包餡的，個頭大，包肉，或是客家風包乾蘿蔔絲亦可，清湯裡飄幾根蔬菜，茼蒿爲佳。

自從菜市場咖啡店的老爺爺受傷行動沒那麼方便，不賣煎雞蛋只賣飲品後。我成了鹹湯圓早餐的常客。

10 月

25

果菜批發市場的週末早上，有賣現蒸腸粉的攤販，是許多老饕和廚師早上採買的心頭好。

腸粉名叫一品湘，老闆娘來自湖南，跟潮汕師傅學的手藝，一個水蒸氣奔騰的白鐵抽屜，現點現做，自製蘿蔔乾與辣椒特別夠味。以不油膩的方式，開啟一天的勞動。

10 月

26

有些植物長得很高，瞻仰的視角中，陽光穿過葉片，陰影跟藍天交疊。

只有秋天的天空，才能這麼乾淨洗鍊，高且遠。

10 月

27

至今還沒有找到比義大利血橙更好吃的柑橘。

濃郁的酸甜，橘皮芬芳撲鼻的精油，中心的果肉像沁出血一樣。血的意象，像基督的掌心，也像刺鳥被荊棘刺穿的胸膛；帶著酸楚疼痛的甜美，實在是沒有吃過更好吃的橘子了。

10 月

28

不同形狀的義大利麵條，有不同的名字。

像不同顏色的玫瑰花，有不同的芳名；不同形狀的雪，愛斯基摩人會用不同方式稱呼它。

我想義大利人眞的很在乎這件事吧。

義大利細髮麵 Capellini 的英文叫天使髮（Angel Hair），是最細，很容易熟的麵條。不妨這樣想：義大利人吃的麵線吧。適合做涼麵，也或者用剝皮辣椒炒瘦絞肉、洋蔥與茄醬，做成台味義大利麵。

10 月

29

曾有一段時間，那時菜做得還好，但我會花很多的時間做菜，使用的是百元的玻璃杯，百元的白盤子，很快樂地找朋友來吃飯。現在我菜做的比那時候好多了，玻璃杯也換成三倍價格的杯子，但我花更多的時間在工作上，也就沒辦法那麼常找朋友來吃飯了。

發現這點的時候，突然感傷了起來。

即便只是用橫紋的鑄鐵鍋在蔬菜上面烙熟煎出紋路，一起吃的飯就是那麼好吃呀。

10 月

30

炸豬排算是個全世界的共通語言，要軟嫩易入口，要麼捶打它，要麼用鬆肉針戳它。

德式炸豬排走的是捶打延展路線的，以米蘭命名的炸豬排炸油裡要放奶油，日式喜歡切得厚些，那就要選腰內肉這個部位，不常運動，所以軟嫩，針密密戳，口感更佳。

油鍋用測溫針，抓一百七十度上下，一人份的豬排大概炸四、五分鐘可起鍋。搭配上看要單吃、濃厚咖哩、伍斯特醋豬排醬汁，或是清爽番茄莎莎醬，都很棒！

10 月

31

大橋頭站延平北路市場內的阿角劉美麗紅燒肉，是台北最強的紅燒肉，擁有六個豬肉不同的部位；一個部位一個部位叫，可以用舌頭確認豬身的肌肉不同口感，是肉痴的夢幻紅燒肉。

日本主廚來訪，在地行程就是帶他去吃阿角。好吃的料理，是對豬，對分切技師，對農家，最高的禮讚。

11 月

01

爬淡蘭古道山區，爬到一片長滿過溝蕨菜的向陽坡地，就知道有不遠處人煙，這是山居村民粗放的菜圃。過貓是不需要特別照顧的蔬菜，溫暖潮濕即可。

清燙嫩葉，加美乃滋，加橙醋，加友人京都的伴手禮山椒小魚，山的陰涼風味。

11 月

02

假人蔘是很常見的野花野草，雖是外來，在地歸化超過百年，感覺也挺「土」，也有人叫土人蔘。剪下遍野的星星點點粉色小花插瓶，把風景移到室內一會兒。野花是很吃水的，很容易枯萎，這樣移樽之美僅一兩天光景。

11 月

03

苔蘚近看像針葉森林，觸摸像鬆軟毛皮。

苔蘚是近乎禪意的，是微觀的宇宙生態系，寧靜的，是詩人日落前眼角餘光凝視的場所。

朋友上山工作時，帶回一塊深山的厚實苔蘚給我。我沒把握能養它多久，他說沒關係。

我日日噴水，碟裡放上紅帽小人偶陪伴，它們活得像一汪綠色的詩。

11 月

04

木瓜樹有台灣南國的意象，木瓜樹有公有母，有異株，有同株，從果實和花蕊的形狀可以分辨。橫豎我是不會分的，不種木瓜的人不需要考慮這個問題吧。反倒覺得必須挖掉捨棄的木瓜籽，烏溜溜的，濕濕的，很美。

台灣農糧署曾經提供木瓜牛奶黃金比例，完熟木瓜、鮮奶、冰塊以 1：2：0.5 果汁機打，即成香濃奶昔質地果飲，請試試看。

11 月

05

提供一個喜好園藝人士的煮蛋手工藝：

採集無毒，形狀美麗葉片，放在白雞蛋上。白雞蛋再用絲襪紮緊，讓葉片不移動。

下鍋煮雞蛋——清水中投入洋蔥皮當作染料，茶葉亦可，如此這般，可得葉型紋身的植物染雞蛋數顆。

11 月

06

台灣的扁桃基本上都是進口的，表面光滑也好，毛茸茸也好，都香噴噴的。

我喜歡把熟透的蟠桃，捏著兩端，輕輕轉一下，分成兩半，這樣連拿刀子切都省了。

美女朋友來訪留下重瓣黃玫瑰，玫瑰與桃，妳們都是芬芳的。

11 月

07

因爲寫過一個「電影餐桌」的專欄，認識了電影圈的朋友。這些電影人，怎麼說，就是很會搞事吧，約一人一菜派對，還要關燈，弄得像露營一樣。

我們把營燈放在玻璃高腳杯裡，盤子不夠多，因而菜裝在各個帶來的保鮮盒裡，黑夜光輝熠熠起來。

11 月

08

同事來家裡吃飯，一時也想不出什麼太體面的菜。以地中海料理來說，食材好、新鮮，恰當的火候，調味搭配正確，就差不多了。精雕細琢，就顯得太認眞了。於是煎了牛排，用鳳梨切丁跟羅勒做了酸甜莎莎醬搭配。以這個陣勢來說，可能要多喝幾杯葡萄酒。

11 月

09

帶爸媽去彰化花壇，原本是要看茉莉——花壇是全台最大的茉莉花產地。不過，最後是火車站前菜市場一攤賣米腸的引起他們的注意。

老派作風的糯米腸，使用眞正豬大腸，因而形狀曲折，不平整。誰的大腸沒皺摺呢，不用油蔥花生糯米把腸塞到緊繃，這樣還能吃到大腸口感和脂肪油香。這是人生吃過最好吃的糯米腸了。

我先站著吃完一根，就跟媽媽把攤上剩下的腸都包了，買回家給弟弟吃。

11 月

10

南門市場的外省熟食店，有幾樣東西我會忍不住嘴饞買。

一個是心太軟，這是桂花蜜沁得香甜的紅棗夾麻糬糰子或豬油芋泥，拇指大小，一口一個，更好的是零買也可以。不用吃到一盒顯得沒那麼貪吃。另一個是剛出爐，熱呼呼的鮮肉酥餅。

鮮肉酥餅是江南口味，鼎泰豐、合興糕糰店、蘇杭點心都有販售。肉餡不是台式調味，加了金華火腿，粉嫩粉嫩，外層可真是酥啊。這也是可以只買一個的點心。

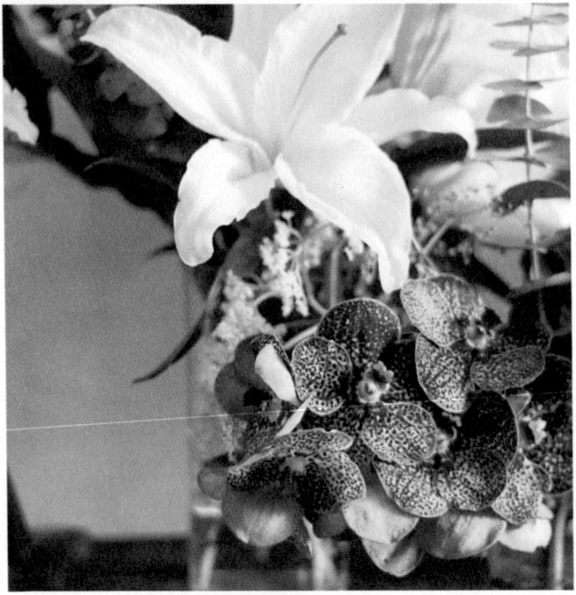

11

爬滿斑點的紫色蘭花，近看非常時尚。

像長了一臉雀斑模特兒，非典型吸睛，美得高級，跟白色綠色搭配，好看。

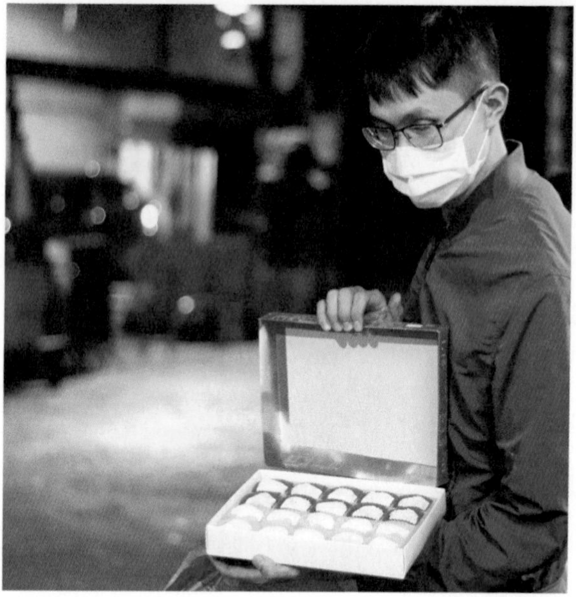

11 月

12

麻糬有鹹的，還非常好吃，包的是竹筍滷肉，這個組合，一定是在台灣中部。這是彰化的「大元蕭薯」，位在彰化城隍廟的門口，神明監製的品質。店裡不能拍照，生意非常好，跟弟弟買到當天最後一盒！

11 月

13

台灣本地產羊肉屬市面少數，不到十分之一；本地養的以垂耳朵的努比亞山羊爲主，本土品種黑山羊因爲換肉效率沒那麼好，更是少之又少。

有機會得到畜產試驗所澎湖工作站在島上放養的黑山羊羊膝蓋，太珍貴了。

羊膝蓋帶骨，膠質豐富，肉軟嫩，最適合用燉的。我用高湯與蔬果燉這黑山羊膝蓋，肉香而不羶，糯而不肥，鍋底加鮮奶油打成白色醬汁，配寬帶麵吃。

11 月

14

偶爾會做些華而不實的事。比如看迷你蘿蔔可愛，拿來做蜜糖紅蘿蔔。

如果想吃紅蘿蔔，是不需要買迷你蘿蔔的，價格差很多，所以必須做對得起它外表的菜。迷你蘿蔔水灼熟後，用奶油、糖、柳橙汁，慢慢把味道煨進去，使其表面裹上醬汁光亮。這是西餐中掛釉（glazed）的做法。

教你一招，把香草嫩端摘下，像花園種草一樣擺在料理上頭，看起來就會很高級。

11 月

15

基隆很好吃，基隆老味道的食品包裝很可愛。比如全家福的豬板油芝麻元宵，還有李製餅家李家大房的用紙包的鳳梨酥。老派套色印刷的設計，老派的味道，多年如一，希望他們永遠不要改變。

11 月

16

夜晚的街道巷口會出現人們不要的、要回收的大型物件，物件出現在街頭之後的凌晨，不時有二手業者、睡不著的人，默默把街頭這些有有痕跡的桌椅、凹陷沙發、檯燈、櫥櫃，在天亮清潔隊上班前搬走。

城市宛如水族缸，小魚小蝦輕手輕腳搬運餌塊。有些文青咖啡店的沙發就這麼來的。某個晚上，我甚至在路邊遇見一台沒有琴鍵的平台鋼琴。這是城市裡，人們自發完成的限時裝置藝術。

11 月

17

男友看著梅西摘下世界球王，默默流下眼淚，覺得青春完滿了。但同時感嘆，在家看足球的時候，媽媽都會做煎螃蟹給他吃。一個半場，配一隻螃蟹差不多。配足球賽吃的煎螃蟹，作法是斬一半後，切薑片墊在斷面下，放在鍋裡用乾烙的，再用白酒嗆香。

11 月

18

義大利肉醬（ragù）跟台灣滷肉肉燥有點像，肉丁可大可小，也可以肉塊保留肌肉纖維的口感。但義大利肉醬製作前，必須要橄欖油炒香蔬菜細丁至金黃：洋蔥、紅蘿蔔、芹菜，所謂混炒蔬菜（soffritto）。這個蔬菜基底在義大利燉菜料理裡無所不在——無所不在也是我們談論信仰時會用的字眼——這是香氣和自然鮮甜的根源。

剩下的調味風格，屬於地區自由發揮。可以加雞肝，也可以加點醇厚的葡萄酒，任君選擇。

11 月

19

米食吃起來好消化，軟呼呼的，
一下就滑到肚子裡。
怎麼做出粄條的客家味呢？要有
豬油油蔥，然後要有韭菜、豆芽、
芹菜珠或許可以來一點。
香菇肉燥做澆頭，記得要放醋。

11 月

20

薑的旅程：

新薑像粉嫩的青少年，米鵝黃，膨潤，光滑，末端粉。拿來醃醋，出汁液是桃子色的，一點渣也無。

老薑辛辣纖維粗，會呼呼冒出綠芽往上竄，拓展後繼生命。而放到忘記的薑，皺縮，乾癟，是手扶椅裡分不清醒著還是睡著的老人。

11 月

21

我站在社子島的渡口，一邊是基隆河，一邊是淡水河。

逃亡後定居在河中間的自由番鴨，你看見的是什麼風景呢？人類的在水一方，你的兩條浩浩蕩蕩康莊大道。

11 月

22

過節，給爸媽做個什麼菜小試身手呢？

取九孔鮑魚，奶油煎蒜粒，再煎鮑魚到斷生，鍋底焦香梅納反應成果加入料酒做醬汁，調味好淋回鮑魚身上。

台灣鮑魚產地主要在新北貢寮，這是少數北台灣買比較便宜的鮮海產。當然這也是很久之後，才發現的事。

11 月

23

藝術史學者會在沒有署名的作品裡，比較衣服的摺痕、手的弧度。因爲細節是有鑑別度的，局部美，已近乎永恆。

活著的時候，大多數沒那麼美，追求小美，終成大美。

11 月

24

台北市常見樓高四層的公寓建築，梯間隔成一層兩戶。這是戰後政府爲了解決居住需求，效法德國威瑪政府的現代化國宅設計，在一九七〇年代後如雨後春筍發生。

我現在住的就是這樣的步登公寓，我喜歡它格局方正，採光充足，公共設施僅有樓梯間，住戶單純。跟陌生人溝通利益衝突會備感壓力的我，光想到要參加居民管委會就頭疼。房子比我還老，當然也會有些狀況，不過看到梯間移動的陽光，以及不需管理費，就覺得老的好。

11 月

25

新鮮沒開苞的草菇，煮起來特別鮮，有股特殊的木頭香氣。

小芋頭蒸熟後，用手搓一搓即可去皮，口感彈糯，蘸蒜頭醬油就很好吃了。

11 月

26

有些食物因爲回憶所以比較好吃，有些食物是回憶中的比較好吃。

比如說炸彈蔥油餅，比如說古亭的兩家蘿蔔絲餅。油炸的鹹香澱粉，永遠在街頭小吃佔有一席之地。剛上台北的時候，住在附近，上下公車，紙袋裡裝著熱呼呼的炸餅，邊走邊吃。過了幾年，或許顧忌排隊，或許顧忌熱量，很久沒買了。記憶中是很好吃的。

11 月

27

這位老闆姓梅，開的第二間咖啡店，朋友送他四個字「梅開二度」。

梅老闆有一批熟客追隨著他，因爲他的個人魅力。怎麼說呢，梅老闆臉盲，明星來店裡，他一視同仁；天熱，睡過頭晚開店了，會不怎麼歉疚地問你要不要一起吃西瓜？他有時會在櫃檯內慢條斯理地一邊刷牙一邊思考。不忙的時候，在露台看書抽菸。

11 月

28

橘子上市，不小心買太多了。

把橘子切成薄片，用上白糖漬一下，放在烘焙紙上放烤箱烘烤成柑橘片。

非常好吃，果乾有橘子皮的韻味。做的時候心情會非常好，像收納陽光。

作法：

使用旋風烤箱上下火130度左右，中間想到的時候翻面、補撒上白糖。

11 月

29

冬天煮味噌湯，適合煮成濃厚的口味。

鍋中煎培根、德國腸，煎出香噴噴的油脂，加入高麗菜、切薄的馬鈴薯、紅蘿蔔、大蔥和蓋過食材的水，煮到蔬菜柔軟，才調入味噌，全部融化即可熄火。味噌不耐煮，香氣會消失，這樣的味噌湯，吃之前可以加上粗粒黑胡椒調味。

11 月

30

雖然是水餃店，但好吃的是滷菜。「龍門客棧」這四個字倒是全然擔當得起。歷經六十年還是老木構建築，一開始還真的是在禪寺的院子裡，六十年後周遭已都更了，餃子店還是戀戀風塵，真的像大俠出任務完來吃的店。

拍黃瓜、滷竹筍，或許再來一點高粱，適合跟志趣相合的同志來。

＊侯孝賢一九八六年電影《戀戀風塵》，有一場戲在餃子店旁拍的。

12 月

01

跟學藝術史的朋友看畫展，不只看畫，朋友還會要我看畫框和裝裱的年代風格。

口頭答應，內心覺得哇資訊要爆炸了啦，饒了我吧。但確實厚重有年代的畫框本身就很有存在感，也體現了工藝。所以當有一天要裝裱海報時，我選了金色做舊刻痕的寬木框，框比內容物海報貴多了。覺得非常很值得。框完成畫面的氣場。

12 月

02

受過板前訓練的日本料理師傅，是最膽大心細那種人。冰箱中魚熟成的風味，可能再過一晚就下坡；刀子磨到什麼程度才叫剛好呢？一塊小肌（コハダ）魚肉有三種刀法來切，一隻墨魚他分得出來最甜的身段。在顧客面前，檯面收得乾乾淨淨，沒有多餘的動作，親手遞到客人面前，專業料理即表演。聽到再大的八卦，表情態度都不能有分別心。

12 月

03

迎著晨曦，半身浸在海水裡，頭燈照在身前的海面，對著沉重或輕盈的海浪，漁人一次又一次，隨著海浪拍打海岸的節奏，把三角網叉到大海裡抓鰻苗，或許也抓些吻仔之類小魚。

捕鰻人像是苦行僧士一樣的，被浪花鞭打不退，一波又一波。

12 月

04

義大利靴子南端有一座城市，老太太們都坐在家門口搓杜蘭小麥粉做的貓耳朵麵，白色的床單就夾在她們頭上的晾衣繩，背景是洗藍的天空，遠處有海。看到這樣的景色，遊客的錢包是守不住的，紛紛掏錢買下貓耳麵。

這樣的貓耳朵麵（orecchite），傳統吃法是配十字花科的蔬菜 cime di rapa，葉用的蕪菁，換到台灣最接近的，可能是早春的青花菜筍和青花菜。青菜煮得爛熟，產生獨特韻味，配上粗絞肉，就是定義那座城市的味道。

12 月

05

窗戶總是關於觀看的，像個畫框，把風景定下來。

偏鄉的藝術季作品，很愛玩這個引導遊客觀看特定視角風景的手法。

請你站到這裡——欣賞。

都市裡的窗戶，通常拒絕分享與觀看，他們的功能體現在陽光與空氣，阻絕雨水和噪音。

12 月

06

喜歡白花椰菜多過於綠花椰菜。白花椰菜可脆可軟的口感，可煮湯可烤。

把香料調成糊，敷在輕燙過的白花椰入烤箱烤，如夕陽火燒的蕈狀雲。關於白花椰好吃的吃法還有很多，蒜頭跟鯷魚也是一個好搭配。

12 月

07

處理小竹莢魚，用剪刀。頭剪掉，魚肚剪開攤平，沾上粗粒杜蘭麵粉下油鍋，麵衣薄薄一層就好，細軟的魚肉一炸就熟。一片一片攤在盤子裡，像秋天的落葉。

12 月

08

新鮮的手感烏龍麵Q彈嫩爽又細緻，加上生蛋黃，粗粒黑胡椒，一小塊奶油，一點高湯醬油。吃麵的時候，用力吸出聲響，感受麵條滑水道般直下喉嚨的快樂。瀨戶內海的烏龍麵，讓人曾經滄海，難爲下碗烏龍麵了。

12 月

09

托朋友生日的福，第一次踏入夜店，是我的錯覺嗎？一樓保安在把托特包過X光的時候，顯露出一點不耐。

「哪來的阿姨呀？」不由得這樣想。不過我完全不介意喔！

Night clubs 本來就有選擇好看客人的權力。曾在柏林夜店被拒絕過，不過我覺得不完全是我的問題，一定是帶我去的學弟不夠帥不夠酷的緣故。

沉重音場穿透身體，一拍一拍像海浪，美麗的人們縱情其中。但也有人一言不發，冷眼喝酒。

12 月

10

認眞用馬斯卡彭（mascapone）、蛋黃、利口酒做出來的提拉米蘇，簡單又好吃。
濕潤，豐美，香氣，像肥沃的土壤，以湯匙一鏟一鏟送到口中，綿密濃稠地像個醺醺然的夢。

12 月

11

男朋友出遠門，一個人吃非常簡單，各位，一人食是很不好煮的，特別是工作忙碌時分。

「大概只能吃沙拉吧。」做了芝麻葉蘋果藜麥沙拉。

一個人吃的時候大多是理性安排：蛋白質跟蔬菜要足夠，或者渴望被取悅撫慰因而攝取碳水——Gigi Hadid 說吃漢堡是爲了心理健康，我覺得喝奶茶也是。

12 月

12

大興安嶺的鄂溫族是跟馴鹿一起生活在森林中的少數民族，祖先橫跨西伯利亞而來，使用白樺木，蜷曲，扣合，做成名叫「幫克」的小罐子。

原始的獵人生活方式可能會隨時光消逝，但民藝的溫度留在手心了。

12 月

13

布丁吃一杯很難盡興的，儘量要大，要老派有蒸雞蛋口感，可以分食的更好。

在台北吃雞家莊，台南去鴨母寮市場買阿婆布丁，巴掌大的厚布丁登桌，引來眾人驚呼。也或者寂寥的黑夜，不開燈，讓電視的晃動光線映在臉上，一個人跟布丁的對決。

12 月

14

剪刀是廚房必備品。
難道蔬菜跟蔥一定要用切的嗎？魚一定得用刀子殺嗎？更別說剪開包裝啦。
好朋友要送我入厝的禮物，因爲她是多年重要的好朋友，我說我要日本製的銀色廚房剪刀。這樣我每次用的時候，都會想到她。可以拆開來洗的那種廚房剪刀比較好。

12 月

15

義大利學弟來台灣，在台東山裡海邊晃蕩了幾個禮拜，見識了原住民山海的能量。

離境之前，下榻在西門，約我這個未曾謀面的學姊見面。

我們的行程從老店蜂大咖啡開始——先補充歐洲人血液中的咖啡因，再到亞洲電影場景般，頹舊大樓裡的金獅樓飲茶作結。這是我有把握，多年後，你復返依然不變的台北。

12 月

16

直到外婆的喪禮，我才看到家族的五十年代老照片。

照片裡年輕的外公與外婆，嬌俏，英挺，小舅公看起來就是個大一點的少年。穿著體面，我的母親在外婆的懷裡。他們在中部富裕的小鎮經營食材批發雜貨店，罐頭與乾貨，穀糧與菸酒，背後看板是味精的廣告。

每件事物裡，都有二戰後蓬勃發展的朝氣。

12 月

17

日文食譜原本設定的是帶皮栗子南瓜，可是媽媽，我不喜歡吃南瓜，只是我一直沒跟妳說。
便利商店都有賣的烤地瓜，香香甜甜，還有焦糖香氣，拿來混馬鈴薯、堅果，做成金黃色的地瓜泥沙拉，非常棒。

12 月

18

當學生的時候喜歡百元海產快炒店，聚會好去處，氣氛熱烈，啤酒杯砸在桌上，一杯又一杯，但不敢點時價的海鮮。長大想點都可以點了，卻沒辦法無限暢飲淡口啤酒了。

碎冰裡擺陣的魚鮮，快速爐炒菜的轟轟聲響，霓虹燈管與招牌，鑲嵌在生活裡的市井夜。

12 月

19

睡前突然很想吃飯糰當早餐，啊，以前讀高中的時候，後門賣的加了滸苔跟花生粉的飯糰真是美味到不行啊。

腦袋搜索居家方圓五公里內的好吃飯糰，想到濱江果菜批發市場轉角有一間，才安心入睡。隔天早上當然是梳洗完直赴吃飯糰了，酥脆老油條跟溫熱米飯對比，肉鬆與蔥蛋，一邊吃一邊捏，所謂粢飯，真是完美。馬世芳說，江浙人吃豆漿早餐有個密碼，可以點甜的，加糖，跟豆漿店講，他們都會做。下次該試試看。

12 月

20

有個說法是，人體百分之七十是水，月亮圓缺也會帶來身體內的潮汐起落，影響生理心理週期循環。

我原是月圓時生理期來的人，晚上抬頭看月亮，可知大潮時間一二。後來慢慢對焦成新月，內心感受趨於如內陸湖泊一樣平緩，無甚連動起伏。

12 月

21

人參雞湯好喝在糯米煮進湯裡，如勾芡一樣成「米粥油」，特別的滋養人。

在柏林生活的時候，生病了，自己煮雞肉米湯喝，不吃其中雞肉，慢慢地恢復了元氣。

韓國的人參雞湯端上來鍋子還噗噗噗冒著滾泡，把雞拆了，肉柔嫩，搭配冰涼泡菜，像吃粥一樣。一碟鹽巴，放在旁邊自己調味。我喜歡老闆不大親切的樣子，吃飯原本就是自己可以做完的事。

12 月

22

自己想要吃些好的。

在濱江市場切生魚片的攤子，買了甜蝦和日本海膽，雪白粉紅與金碧輝煌，軟糯甜鮮，用海苔包來吃。覺得極簡而奢侈，畢竟我沒多做什麼事。海膽和甜蝦本身也沒多做事，業已飽滿。是舌頭的福份呀。

12 月

23

甜瓜配生火腿這個組合在西班牙與義大利是常識了，多汁的脆瓜平衡了生火腿的鹹鮮，再配一杯白酒，美滋滋。台灣的話，請務必試試在甜柿剛上市、口感還脆脆的初秋，拿生火腿捲來吃。

12 月

24

回中部吃炸蚵嗲，有意在言外的選擇。

地瓜、蘿蔔糕、嫩韭菜束僅是基本，季節限定的炸香菜和甜蒜，薄脆的麵衣粿上五辛蔬菜眞是時令特典——日本人說天婦羅其實是用麵衣包住食材，高溫油中形成一個「殼」一樣，把食材蒸熟。巷子內的都到蚵嗲攤吃炸蔬菜。

12 月

25

某年冬天，水仙球莖因爲檢疫的關係大缺貨。

同樣是球莖，用風信子替代。風信子也是進口的，從荷蘭。

粉色風信子是溫帶的花朵，花語是傾慕，背後是個哀傷的神話故事；而火鶴是熱帶的花卉，熱情如火，諧音「乎賀」，多拿來祝賀。

12 月

26

可鹽可甜，現在拿來形容一個人的風格多變，可以軟萌可以霸氣有性格。不過其實我要講的是新鮮牛奶製成的乳酪呀，拿來做鹹的搭配也可以，拿來做成水果甜點也完全沒問題的。

朋友養的蜜蜂搖出一些蜜，這些蜜在蜂巢中沒有封蓋，因此水份比較高，得放冰箱不然會發酵成酒，拿來配鮮乳酪。

草莓跟無花果，奶與蜜，都是很好的事。

12 月

27

小時候去雲南，吃烤肉串什麼的，會附上調味好的「蘸水」，就是研磨過的粗辣椒粉和香料，極辣，吃得我眼淚直流頭皮發麻。有些菜色，靠辣來提振精神，辣是痛覺，需要這樣重拳揍自己的味蕾，可能是一種日常生活追求刺激的方法。

但有些椒生來不太辣，特別芬芳，宮保雞丁的乾辣椒，韓國的粗辣椒粉，歐洲的煙燻紅椒粉，這些就能放心料理享用了。

12 月

28

蛋餃可以自己做，但要手巧要心細，火微微，否則一手滑不小心做成西式早餐的巨大蛋捲。

南門市場總有幾家賣手工蛋餃，到了火鍋旺季，做金黃蛋餃簡直招財進寶，生意非常好。搭配酸白菜湯鍋特別好。

12 月

29

住在山上的第一年，使用的是電子煤油爐。第二年，煤油漲價，所以買了一根會快速加熱且旋轉的遠紅外線石墨電熱暖搭配使用。

電暖發出紅光，人在前面烤，簡直像沙威瑪的雞肉串一樣。一邊取暖，一邊吃烤日式年糕紅豆湯，寒流裡的幸福。

12 月

30

台中家裡院子有一大棵桂花樹，夜裡幽香飄散，細嫩花朵點綴在枝葉間。在家時有時收了新鮮桂花煮桂花糖，覺得好珍貴，省著吃。在台北雖無自己的桂花樹，但南門市場可買到上海風格的桂花醬。

加入青梅製成的桂花醬，略帶鹽味，甜味極富層次。糯米糖藕，芝麻元宵，有了桂花醬調味才眞正風雅起來。

12 月

31

在竹東的廟宇後殿看到一剪黏製成的龍，琉璃閃耀，光彩奪目，盤踞在牆上。祥雲中，龍口吐水，細泉注入前方放了一塊太湖石的圓形水池。

龍神是土地守護神，客家人特別相信，因此在風水上用心佈置，引龍氣，安神尊，讓龍成爲人與土地的護佑，使地基永固。

足夠好的日常

毛奇的365日提案

作　　者　毛奇

副總編輯　陳瓊如
美術設計　謝捲子@誠美作
特約行銷　林芳如

發 行 人　王榮文
出版發行　遠流出版事業股份有限公司
地　　址　104005 台北市中山北路一段 11 號 13 樓
客服電話　02-2571-0297
傳　　真　02-2571-0197
郵　　撥　0189456-1
著作權顧問　蕭雄淋律師
2024 年 01 月 01 日初版一刷
定　　價　新台幣 600 元

國家圖書館出版品預行編目 (CIP) 資料

足夠好的日常：毛奇的 365 日提案 / 毛奇著 . -- 初版 . -- 臺北市：遠流出版事業股份有限公司 , 2024.01
面；　公分
ISBN 978-626-361-410-9(平裝)
863.55　　112020256

YLib.com 遠流博識網
http://www.ylib.com
Email: ylib@ylib.com